Annette Pehnt
Insel 34

EINS

Die Leute versuchen mit einer anwachsenden Verzweiflung zu leben und zu etwas zu kommen, einem Ort oder einer Person. Sie wollen eine Insel, auf welcher die Welt endlich ein Ort umschrieben von sichtbaren Horizonten sein wird.

Robert Creeley, *Die Insel*

Als Kind hörte ich lange von der Insel nicht mehr als die anderen auch. In der Schule war sie ein grauer Fleck auf der mürben Karte, weit vor der Küste. Wir redeten über Gesteinsarten und Schiffahrt, Rohstoffe und Tourismus. Die Insel war aus Basalt und nicht durch Fährverkehr mit dem Festland verbunden, hatte keine Rohstoffe und wenig Tourismus, genau wie die dreiunddreißig anderen Inseln vor unserer Küste, die auch alle aus Basalt waren. Weil niemand ihnen jemals einen Namen gegeben hatte, waren sie numeriert, sehr selten ist das, sagte Herr Kohlhas, der Erdkundelehrer, die Menschen haben für alles einen Namen, jeder Felsen in der Antarktis heißt irgendwie.

Also mußten wir für die Klassenarbeiten die Nummern der Inseln in ein kleines Raster eintragen, das Herr Kohlhas auf die Arbeitsblätter gezeichnet hatte. Meine Insel war Nummer vierunddreißig, weil sie am weitesten weg war. Die anderen Inseln klebten scharenweise zusammen, es war schwierig, sie auseinanderzuhalten, niemand schrieb in den Inselarbeiten gute Noten. Nummer vierunddreißig lag auf der

Karte gut drei Fingerbreit entfernt vom Festland, ein kleiner Vogeldreck im zerkratzten Blau. Alle konnten sich die Nummer vierunddreißig merken, auch wenn sie sonst nichts wußten. Vielleicht glaubt deswegen jeder, die Insel zu kennen.

Zanka zum Beispiel kannte jemanden, dessen Tante dort leben sollte, eine Frau in den Fünfzigern, sagte Zanka, aber stell sie dir nicht vor wie die Frauchen an der Küste, mit geraden Falten auf der Stirn und dreckigen Fingernägeln und saufenden Ehemännern, die in der Fischfabrik nicht genug verdienen zum Leben und nicht genug zum Sterben, nein, so ist das nicht auf der Insel. Diese Tante, leider nicht meine, sagte Zanka, denn so eine hätte ich gerne, diese Tante hat dort drei oder vier Liebhaber und blüht wie ein Flieder im Mai, ein kleines altes Persönchen eigentlich, aber ich sag dir, die soll Haare bis auf den Hintern haben und Brüste zum Reinbeißen, und abends kommen ihre Liebhaber, manchmal einer oder zwei, manchmal auch alle zusammen, die feiern die Nacht durch, und die Tante ist nicht die einzige auf der Insel, die es sich gutgehen läßt. Zanka hatte sich heiß geredet, du wärst wohl gerne da, sagte ich, und er rieb sich die Hände, streckte die Arme über den Kopf und lehnte sich nach hinten, das kann man wohl sagen. Er stieß mit seinen gedehnten Armen gegen den Tischnachbarn. Zanka ist sehr ausladend, es wäre einfacher, ihn zu Hause zu bewirten, wo er sich ausbreiten könnte und niemanden behelligen müßte, aber er mag Kellnerinnen, Zuckerstreuer und Speisekarten, und außerdem hat er viel Geld, das er in meiner Küche nicht ausgeben kann. Dann fahr doch, sagte ich, nimm dir ein Motorboot, oder hast du nicht sogar schon eins, ich komme mit. Zanka hörte nicht zu, das ist ein kleines, feines Liebesnest dort, jeder mit jedem, verstehst du, und das Beste ist, es funktioniert. Ich merkte, daß der Tischnachbar sich leicht zur Seite neigte und lauschte. Aber es sind doch Fischer, sagte ich, das habe ich in der Schule gelernt, Fischer leben so nicht. Woher willst du wissen, wie Fischer leben, sagte Zanka.

Ich habe nie so getan, als ob ich die Insel kenne, und ich bin die einzige, die wirklich hinfahren wollte, seit ich mehr von ihr weiß. Die Seekarten hatte ich mir schon gekauft, bevor ich Zanka überhaupt kannte. Meine Eltern freuten sich über das heftige Interesse, das als milde Neugier begonnen hatte und allmählich immer dringlicher Besitz von mir ergriff. Sie warteten schon seit Jahren darauf, daß mein Herz für etwas schlug, wie mein Vater es ausdrückte. Was willst du denn mal machen, fragte er alle vier bis sechs Monate, und wenn ich antwortete, Dolmetscherin oder Lehrerin, beugte er sich vor und sah mir prüfend ins Gesicht, und schlägt dein Herz dafür. Ich horchte in mich hinein und konnte mein Herz nicht hören, ich weiß nicht, sagte ich, glaube schon.

Mein Vater war jemand, der sich schnell zum Glühen bringen konnte. Meine Mutter wartete im Hintergrund und wärmte ihre Hände an seiner Glut. Du willst doch nicht vor dich hin stümpern, sagte mein Vater. Ich habe noch nie vor mich hin gestümpert, in der Schule war ich eine der Besten, meine Eltern waren es nicht anders gewohnt, aber was nützen dir die guten Noten, sagte mein Vater, wenn kein Herzblut dabei ist. Mein Vater hatte dickes, sehr weißes Haar und volle Lippen, er sah prächtig aus. Wenn er für die Kinder aus der Nachbarschaft den Weihnachtsmann spielte, einen leidenschaftlichen, polternden Weihnachtsmann, der die Kinder in unserer Wohnung zusammenrief, um mir als Einzelkind Spielkameraden ins Haus zu holen, dann brauchte mein Vater keine Perücke, nur einen dicken Bart und Koteletten aus Watte, die von demselben reinen Weiß waren wie seine Haare. Ich brachte meine Mathematikarbeiten und Vokabeltests mit nach Hause und legte sie auf den Küchentisch, Mutter nickte mir zu, ganz beiläufig hatte ich wieder die beste Note geschrieben, und Vater war stolz, das sagte er auch, aber ich wußte schon, was kommen würde. Er ging zu den Elternsprechtagen und lag den Lehrern in den Ohren, natürlich ist sie gut, das weiß ich, aber wo sehen Sie denn ihre besonderen Begabungen, und enttäuscht kam er zurück, du bist in allem gleich gut. Ich versuchte, in manchen Fächern noch besser zu werden und in anderen etwas schlechter, schrieb absichtlich den falschen Subjonctif ab und verworrenes Algebra, legte mir einen Familienstammbaum der römischen Götter und eine Karte des römischen Weltreiches an, um in Latein alle zu übertrumpfen, und in Sport täuschte ich einseitiges Hinken und Regelschmerzen vor, um beim Geräteturnen die schwerelose Leichtigkeit zu übertuschen, um die mich alle beneideten. Geglaubt hat mir nie jemand.

Du machst dir Feinde, sagte mein Vater, über Leidenschaft macht sich niemand lustig, aber die, die alles gleich gut können, die mag niemand. Mich mochten wenige, die meisten beneideten mich mit eben der Glut, die mir mein Vater wünschte. Ich ließ immer alle abgucken, erklärte allen alles, verschenkte meine Hausaufgaben, und sie rissen sich darum, aber schon in den ersten Sätzen machten sie Fehler, vergaßen Silben und Buchstaben, wurden ungeduldig, schrieben noch schneller, und ich erkannte nicht mehr wieder, was ich geschrieben hatte.

Als ich klein war, fiel es nicht so auf, sie spielten mit mir, wie die anderen hatte ich Rollschuhe und einen häßlichen phosphoreszierenden Schulranzen und wurde auf Geburtstagsfeiern eingeladen, wo man mit verbundenen Augen und gefesselten Händen Schokoladentafeln auswickeln mußte, um die Wette, und wer zuerst fertig war, mußte alles aufessen. Ich war oft zuerst fertig, weil ich geschickte Finger habe, aber ich teilte die Schokolade mit den anderen, die schwerfällig und blindwütig an der Verpackung herumfetzten, bis sie einen Haufen Schokoladenbrösel und zerknülltes Aluminiumpapier vor sich hatten. Sie sind zu ungeduldig, aber sagen darf ihnen das niemand, sonst sehen sie rot, und alles wird nur schlimmer.

Später teilte ich Landjäger, Buntstifte, Käsebrötchen, Abziehbilder mit Silberglitter, Rosinenschnecken, Tintenkiller, Wackelpudding in der Schulkantine, Überraschungseier, Zigaretten, Joints und die Lösungen der Abituraufgaben in Mathematik. Ich gewöhnte mich so an das Teilen, daß ich mich unwillkürlich nach Mitessern umschaute, bevor ich eine Gabel zum Mund führte. Trotzdem mochten mich wenige. Es gab sie hier und dort, aber viele waren es nicht. Als ich mit den Inseln anfing, verebbten die Feindschaften.

In der Schulbibliothek fand ich einen Bildband mit historischen Aufnahmen aller vierunddreißig Inseln vor unserer Küste. Weil die anderen mich hänselten, na gehst du wieder pauken, traute ich mich selten in die Bibliothek und achtete darauf, daß mich niemand auf den mit grünem Teppich beklebten Stufen erwischte. Der Teppich, den sie nirgendwo anders im ganzen Gebäude verlegt hatten, war fleckig und aus Kunststoff, und wenn ich mit den Schuhen darüberschabte, lud ich mich elektrisch auf und knisterte an den Fingerspitzen. Weil ich das Gefühl mochte, schlurfte ich über die Stufen und entlud mich mit einem wohligen Schreck am Türgriff der Bibliothek. Vielleicht könnte ich Bibliothekarin werden, dachte ich und horchte in mich hinein, aber mein Herz schlug nicht schneller. Die Bibliothekarin hielt mich wohl für einen Bücherwurm, aber ich war genauso oft in der Turnhalle, wo ich an Tauen bis zur Decke kletterte, am Reck die Beine spreizte und Medizinbälle auf dem Kopf balancierte, oder im Musikraum, wo ich mich zwischen Flöten, Klavier und Bongos nicht entscheiden konnte und stundenlang herumzupfte und in die Tasten griff, bis man mich auf den Schulhof schickte, schön, daß du dich so interessierst, aber jetzt geh mal an die frische Luft zu deinen Freunden. Die Lehrer ermüdeten oft schneller als ich, sie hatten sich ja auch schon entschieden und mußten nicht alles gleichzeitig machen und dazu noch gemocht werden.

Zwischen den Bildbänden stieß ich auf einen abgestoßenen Lederrücken mit kaum leserlicher Goldschrift: Die Inseln damals und heute. Das Heute war lange her, auf den neueren Inselfotos hatten die Autos noch gerundete Kühlerhauben, und Eselskarren verstopften die schlammigen Dorfstraßen, aber vielleicht ist es ja dort immer noch so, dachte ich, blätterte zurück und kam zu den älteren Aufnahmen, bräunlichen, leicht verwischten Bildern, auf denen sich Leute mit strengen Mienen zu ordentlichen Grüppchen aufgestellt hatten. Manche hielten feuchte Fische in die Kamera, andere hatten Ziegen oder Schafe neben sich in die Reihe gezerrt und legten ihre Hände besitzergreifend auf Tierhälse und Hörner. Einer hielt eine Art sperrigen Dudelsack mit krummen Pfeifen unter dem Ellbogen. Die Kinder waren glattgebürstet und hatten eckige Köpfe.

Ich wendete langsam die Seiten um, nicht ganz bei der Sache, weil gerade die Klimaanlage der Schule anfing zu brausen, wie immer um Viertel nach vier, als mich von einer halb herausgelösten Seite ein Kind direkt anschaute. Es hatte weit aufgerissene Augen, Grübchen in den Backen, obwohl es nicht lächelte, und geradegewachsene Augenbrauen, die sich über seiner Nase trafen, noch nie hatte ich bei einem Kind solche Augenbrauen gesehen. Die Augen schaute ich mir genauer an, beugte mich dicht über das wolkige Papier, bis sich der beharrliche, versunkene Blick auflöste in Kratzer und Punkte. So will ich auch aussehen, dachte ich und zog meine Augenbrauen zusammen, aber sie berührten sich nicht. Der macht, was er will.

Dann suchte ich nach anderen Bildern von Insel Vierunddreißig, fand eine einzige neuere Aufnahme vom Meer aus, auf der Vierunddreißig aussah wie ein aufgeschwemmter Pfannkuchen in einer riesigen Pfütze, und blätterte zurück zu dem Kind. Wenn ich jemals so aussähe, dachte ich, nähme mein Vater mich sofort in die Mangel. Ich starrte auf seine Stirn, den geraden Strich seiner Augenbrauen und sein verwaschenes Kinn, bis der Fünfuhrgong ertönte, ein unsauberer elektronischer C-Dur-Dreiklang, das absolute Gehör hat sie auch, sagte der Musiklehrer oft, was meinen Vater zu großen Hoffnungen bewegte, und die Bibliothekarin schaute verständnisvoll, aber entschlossen zu mir herüber. Ich wandte mich ab und riß mit einer lautlosen Bewegung das Bild aus dem Buch, faltete es und schob es in die Hosentasche. Dann stellte ich den Bildband zurück zwischen Antarktis und Beduinen, er hätte dort gar nicht stehen dürfen, und schlurfte über den grünen Teppich nach draußen, bis ich die elektrische Ladung unter den Fingernägeln spürte.

Warum waren wir eigentlich nie auf den Inseln, fragte ich meine Eltern am Abendbrottisch, der wie immer sehr aufwendig gedeckt war mit Tonkrügen voller Saft, frisch aufgeschnittenem Brot und Vaters Lieblingskäse, einem pelzig verschimmelten Ziegenweichkäse, der mich anwiderte. Die Inseln, wieso, sagte mein Vater, kennst du etwa irgend jemanden, der schon einmal dort war. Die Antwort war meines Vaters nicht würdig, er tat nie Dinge, bloß weil irgend jemand sie tat oder nicht tat, und das sagte ich auch. Er stutzte und nickte mir dann anerkennend zu, vielleicht ahnte er schon die ersten Vorläufer meiner neugeborenen Leidenschaft, dafür hat er ein Gespür wie ein Bluthund. Die Inseln, sagte mein Vater und überlegte, die Inseln sind teuer, trist und klimatisch benachteiligt. Ich nahm mir vor, etwas über das Klima auf den Inseln herauszufinden. Man schläft dort nicht gut, sagte meine Mutter. Es gibt dort nichts, was eine Reise wert wäre, sagte mein Vater, ganz und gar nichts, was sollte das auch sein, die Fischer sind doch längst ausgestorben. Nehme ich jedenfalls an. Das ist ein komisches Völkchen dort draußen, sagte meine Mutter, die kommen ja nie da weg, die braten im eigenen Saft, und das schon seit Jahrhunderten. Jahrtausenden. Plötzlich fiel ihnen immer mehr ein, die Unterhaltung wurde ungewöhnlich lebendig. Ich trank Kirschsaft und sagte nichts mehr, sie hatten meine Frage vergessen und tauschten Inselgeschichten aus, aber woher wissen die das alles, dachte ich.

Bald begann die Leidenschaft aufzukeimen und unübersehbar zu werden. Mein Vater merkte es als erster. Du siehst anders aus, sagte er, als ich drei Stunden zu spät aus der Schule kam, weil ich in der Bibliothek Studien über das Leben in ländlichen Gemeinschaften gelesen und mich mit der Bibliothekarin über die Insel Achtundzwanzig unterhalten hatte, auf die sie beinahe früher einmal gereist wäre, ich war drauf und dran, sagte sie mit einer bangen, leicht schwankenden Stimme, drauf und dran. Ganz erhitzt siehst du aus, sagte mein Vater mißtrauisch und hoffnungsvoll, wo hast du denn gesteckt. Ich beschloß, ihm und mir von nun an das Leben zu erleichtern, und sagte so abweisend wie möglich, ich mußte etwas nachsehen. Nachsehen, sagte mein Vater, was denn nachsehen, wenn man fragen darf. Ich wandte mich ab, holte den Spiralblock aus der Tasche, in dem ich von nun an alle Inselnotizen sammelte, und vertiefte mich in mein Gekritzel. Was hast du denn da, sagte mein Vater und stellte sich hinter mich, was denn nachsehen. Über die Inseln, murmelte ich, da gibt es so einiges. Aha, sagte mein Vater laut und trat einen Schritt zurück, die Inseln also. Halt mich auf dem laufenden.

Er nahm nun an, ich hätte endlich mein Herz entdeckt und es an die Inseln gehängt, mein Forschergeist entfalte die jungen Schwingen, um die Welt zu erkunden, und wer weiß, wohin er mich trüge. Mir genügten aber die Inseln, ich wollte die Welt nicht erkunden, die Inseln reichten völlig, es war viel Arbeit.

Meinem Vater warf ich beim Abendbrot über die gemusterte Butter hinweg kleine Brocken meines neuen Wissens zu, um ihn bei der Stange zu halten und auch, ich gebe es zu, um ihm Freude zu machen. Vor zwanzig Jahren haben sie dort noch schwarze Filzhüte getragen, sagte ich oder, die sprechen eine eigene Sprache, wußtet ihr das, vor allem auf Nummer neunundzwanzig bis vierunddreißig, sehr merkwürdig klingt die, wie Räuspern und Spucken. Mutter hörte halb zu.

Wirklich, sagte mein Vater, was für eine Sprache denn, und er stand auf, das durfte niemand, während des Abendbrotes einfach aufspringen, aber er sprang auf, den Mund voll Radieschen, und suchte im Konversationslexikon nach den Inseln. Sie waren nicht erwähnt, das wußte ich schon lange, aber ich sagte nichts. Mutter schüttelte leicht den Kopf. Er kaute heftig und blätterte mit feuchtem Finger durch mehrere Bände, wieso steht hier nichts, welche Sprache soll das denn sein, ich werde mich mal kundig machen. Hör mal, sagte Mutter, sie wird das schon erledigen, und jetzt setz dich mal. Zuviel Leidenschaft war ihr unheimlich. Mir eigentlich auch.

Die Sprache klang wirklich merkwürdig, ich hatte im Tonarchiv der Stadtbücherei, die ich nun in meine Forschungen einbezog, eine Kassette gefunden. Alte Damen lernten dort an kleinen Pulten mit Kopfhörern Russisch oder Italienisch Leicht Gemacht, und ein paar Schülerinnen in meinem Alter feilten leise murmelnd an ihrer französischen Aussprache. Im ganzen Hause gab es keinen Kassettenrekorder. Video, Tonband, CD, sagte die Bibliothekarin, alles da, stolz wies sie auf die Apparaturen, aber Kassetten, also da weiß ich nicht weiter. Sie ähnelte der Frau in der Schulbibliothek, die Bluse stramm in die Hose gestopft, es muß Gründe dafür geben, vielleicht ist es praktisch beim Sitzen.

Aber helfen konnte sie mir nicht, ihr ist nur nicht klar, wie dringend es ist, dachte ich und bewies zum ersten Mal Kampfgeist für meine neue Sache. Ich nehme an einem Wettbewerb für Sprachvergleich teil, sagte ich und strich mir das Haar aus der Stirn, so wie es die wenigen sehr selbstbewußten Frauen taten, die ich kannte, unsere Rektorin, die Steuerberaterin meines Vaters und Klaus-Peters große Schwester, die große Brüste hatte und auf den Schulfeiern bodenlange Kleider aus schlangenhaftem Stoff trug. Ich hatte damals kaum Brüste, übrigens bis heute keine sehr großen, aber ich konnte mir das Haar gewandt aus der Stirn streichen, viel glatteres, dickeres Haar als das der Bibliothekarin, und sagte, eine Auszeichnung habe ich schon, und jetzt brauche ich diese Kassette für das neue Projekt, das sagt meine Rektorin auch.

Die Bibliothekarin schaute auf mein Haar, nahm mir die Kassette aus der Hand und verschwand. Ich setzte mich auf ein Pult, sah den Schülerinnen, die sich die Stirn rieben und am Schienbein kratzten, beim Französischlernen zu und schüttelte noch einige Male probeweise mein Haar, weil ich den leichten Zug an meiner Kopfhaut mochte und mich dabei auf eine neue, kämpferische Weise elegant fühlte. Die Bibliothekarin kehrte mit einem unförmigen, verklebten Kassettenrekorder zurück, auf den mit Leuchtstift ›Hausmeister‹ gekritzelt war, und stellte ihn mir wortlos auf eines der Pulte. Während ich alles um mich herum aufbaute, Spiralblock, Lineal, Stifte, Rekorder, ließ sie mich nicht aus den Augen.

Ich setzte die Kopfhörer auf, in deren Schaumstoff Hausmeisterhaare hingen, und versank in ein kehliges, rotziges Gemurmel, das die alte Sprache der Inseln sein mußte. Mehrere Männer sprachen abwechselnd und lückenlos, ich hörte überhaupt keine Pausen, weder zwischen den Wörtern, wenn es welche waren, noch zwischen den Männern, die Stimmen lösten sich ab, überlagerten sich nur manchmal, ein träger Singsang auf immer derselben Tonhöhe. ›Singsang‹ notierte ich mir und strich das Wort gleich wieder durch, denn melodisch war dieses Gurgeln eigentlich nicht, eher verschleimt, so als wenn jemand spräche, der sich dringend räuspern müßte. Das taten die Männer auch, während einer murmelte, räusperten sich die anderen im Hintergrund heftig.

Weil die Bibliothekarin den Blick nicht von mir nahm, bekritzelte ich flink und geschäftig Seite um Seite, aber bald fiel mir nichts mehr ein, ich verstand ja nichts, und eine Broschüre oder ein Büchlein zur Kassette gab es nicht. Also wiegte ich mich im zähen Rhythmus des Geredes unmerklich hin und her und malte mit dem Bleistift Striche und Punkte auf das Papier. Gegen Ende war das Band ausgeleiert, die Stimmen wurden langsamer und rutschten ab, bis ich nur noch ein düsteres, verwaschenes Jaulen hörte. Ich bewegte die Finger, die vom vielen Kritzeln steif geworden waren, stöpselte den Rekorder aus und nickte der Bibliothekarin zu, während ich meinen Spiralblock zuklappte und mein Haar schüttelte.

Inzwischen machte ich weniger Hausaufgaben, die anderen merkten nun auch, daß sich etwas verändert hatte, erst die Lehrer, die mich überrascht und besorgt beiseite nahmen: Willst du nicht mal vorbeikommen, fragte der Musiklehrer mich, der Flügel ist frisch gestimmt, und der Sportlehrer fand mich schlaff und fragte nach meinen Hormonen. Dann die aus meiner Klasse, die mich nicht mochten, denn nun hatten sie kaum noch Angriffsfläche, meine Noten sackten ab. Klaus-Peter, ausgerechnet Klaus-Peter, der so vergeßlich war, daß er in Mathematik vergaß, die Lösungen aufzuschreiben, selbst wenn er sie gefunden hatte, erinnerte mich an Klassenarbeiten und Vokabelabfragen. Zuletzt merkten es die, die mich mochten, aber das waren nicht sehr viele.

Das erste Zeugnis nach der Entwendung des Bildes war mäßig und gespickt mit besorgten Anmerkungen der Fachlehrer. Mein Vater hielt es sich dicht vor die Augen, sah die glatte Eins in Erdkunde, die ich auch früher, eigentlich immer schon gehabt hatte, aber nun fiel sie auf in all dem ungewohnten Mittelmaß, und lobte mich zum ersten Mal seit Jahren. Beim Abendbrot lag neben meinem Teller ein dickes Buch, dessen Titel ich schon durch das Seidenpapier hindurch erkennen konnte, so daß ich Zeit hatte, mein Gesicht in Form zu bringen. Entdecke die Küste hieß es, und ich blätterte so freudig wie möglich darin herum, beugte mich über schlecht gezeichnete Seesterne und Algensorten. Die Inseln kamen darin nicht vor.

Im Sommer fuhren wir an die Küste. Die Küste ist gut erreichbar und nicht sehr weit von unserer Stadt entfernt, aber niemand macht dort Ferien. Es ist nicht üblich, an der Küste Ferien zu machen. Eher würde man in die Antarktis oder um den halben Erdball fliegen. Fliegen war überhaupt das, was alle taten, und an der Küste gibt es keine Flughäfen. Es gibt Müllverbrennungsanlagen, Fischkonservenfabriken, kleine schmierige Orte, Imbißstuben mit beschlagenen Scheiben und sehr gutem Bratfisch, aber das weiß ich erst seit jenem Sommer, es gibt auch Bushaltestellen und einen Postwagen, der von einem besoffenen Fahrer von Dorf zu Dorf gesteuert wird und drei Tage für eine Runde braucht, aber einen Flughafen gibt es nicht. Es gibt auch keine Hotels und keine Küstenwanderwege, keine Palmen und keinen Fahrradverleih. Die Strände sind aschig und voller Quallen, die von innen heraus stumpf leuchten, das Wasser schwappt müde über den Tang, und niemand hat daran gedacht, Papierkörbe aufzustellen. Manchmal scheint zwar an der Küste die Sonne, aber dann

fängt sofort der Tang an zu stinken, Schwärme winziger Stechfliegen hängen in der Luft, und die Einheimischen kommen aus ihren Häusern, hängen orangene Bettlaken auf Wäscheleinen und werfen Müll zwischen die Felsen.
Einmal soll sich ein Eisverkäufer an die Küste verirrt und sich in einer verlassenen Fischräucherei eingerichtet haben, Topfpflanzen hatte er mitgebracht, fünfzehn verschiedene Eissorten und einen Eismann aus Pappe, der im Schotter vor der Räucherei gütig lächelte. Da niemand an der Küste Ferien machte, muß der Eisverkäufer große Hoffnungen auf die Gelüste der Einheimischen gesetzt haben. Aber die Einheimischen hatten keine Gelüste. Sie kauften im Supermarkt neben der Räucherei alles, was sie brauchten, luden ihre riesigen Geländewagen voll mit Familienpackungen unverderblicher Lebensmittel und warfen mißtrauische Blicke auf die frisch dottergelb gestrichene Räucherei. Kindern, die unermüdlich nach Eis quengelten, wurde gelegentlich ein Erdbeereis spendiert, eine Kugel ohne Sahne. Davon konnte der Eisverkäufer nicht satt werden. Als der Pappmann allmählich im Herbstregen aufweichte und vornüberknickte, machte er sich aus dem Staub und überließ die dottergelbe Räucherei dem Salzwind, der an der Küste nie aufhört zu blasen.

Sehr schnell verstand ich, warum niemand an der Küste Ferien machte. Ich wußte es schon, als wir von der Stadtautobahn auf eine Landstraße abbogen, die schnurgerade zur Küste führte. Sie war frisch geteert. Ab und zu lagen überfahrene Möwen am Straßenrand. Ich war dagegen, sagte meine Mutter. Sie sagte es nicht triumphierend, und trotzdem wurde mein Vater gleich ungehalten und sagte, jetzt fang nicht so an, wir haben lange darüber gesprochen, und schließlich geht es nicht um uns.

Es ging um mich. Niemand hatte mich gefragt, ob ich an der Küste Ferien machen wollte, und ich wollte nicht, was sollte ich an der Küste, auf die Insel Vierunddreißig wollte ich. Aber für meinen Vater waren Inseln und Küste Jacke wie Hose, er wollte meinem jung erblühten Forschergeist Nahrung schenken, und die gäbe es reichlich zu finden hier an der See, glaubte er, und schließlich könnte man die Inseln ja wohl sehen von der Küste aus. Da irrte er sich, die Inseln lagen während der vier langen Wochen, die wir an der Küste verbrachten, hinter einem milchigen Dunst verborgen. Vom vielen Bratfisch bekamen wir Pickel auf der Stirn und seltsame Ekzeme an den Händen. An einem einzigen Vormittag mit starkem Föhn, der meinen Eltern dröhnende Schädel verpaßte und sie bis zum Mittagessen im Bett hielt, konnte ich in der Ferne Insel Eins bis Acht erahnen, aber nur, weil ich wußte, daß sie dort sein mußten, sechs Seemeilen von mir entfernt. Ich machte Fotos, die ersten meiner Sammlung, auf denen man zwischen überbelichteten Grauschwaden einige längliche Flecken erkennen kann.

Es gibt drei Pensionen Meeresblick an der Küste, und wir hielten an allen. Die erste Pension Meeresblick stand zwischen zwei Hochspannungspfosten und war verrammelt, die zweite hatte eine pausenlos knackende Gegensprechanlage und Vorhänge, die sich deutlich bewegten. Meine Mutter öffnete den Mund, ich wußte, was sie sagen wollte, aber sie sagte es nicht. Die dritte war unsere, sie stand auf einem Felsen, der Brandung bedenklich nah, und vom Frühstücksraum aus blickte man nicht nur auf das Meer, sondern auf den Algensaum, der sich hinter der Pension zwischen den Liegestühlen abgelagert hatte, und auf die Salzschlieren am Panoramafenster. Wir waren die einzigen Gäste.

Ich wußte nicht, was mein Vater von mir erwartete. Wegen mir waren wir hier, also konnte ich die vernieselten Tage schlecht im Wintergarten zwischen den rostigen Schaukelstühlen vertrödeln oder im Fernsehraum auf dem rostigen Sofa. Schaukelstühle und Sofas können eigentlich gar nicht rosten, aber an der Küste rostet alles, sogar die rostfreie Armbanduhr meines Vaters hatte nach vier Wochen Flecken. Die Besitzerin des Meeresblicks hatte braune, antoupierte Haare, die auch rostig aussahen, und erneuerte alle drei Wochen die Zeitschriften im Fernsehraum, wenn das Papier anfing, Wellen zu schlagen. In unsere Zimmer kam sie nie, und mir war das recht. Meine Mutter, die Wert auf frische Bettlaken und aufgeschüttelte Kopfkissen legte, fühlte sich vernachlässigt. Mein Vater fühlte sich vernachlässigt, weil ich ihn nicht an meiner neuen Herzensglut teilhaben und meinen Forschergeist brachliegen ließ.

Aber ich wußte einfach nicht, was ich hätte tun sollen. Ich machte ein paar Fotos von den Inseln im Nebel, ich ging morgens nach dem Frühstück manchmal in den Garten, stocherte im Tang herum und kritzelte wahllos in meinen Notizblock. Wenn es nicht regnete, lieh ich mir das rostige Damenfahrrad der Besitzerin, kaufte meinem Vater im nächsten Ort eine Zeitung und schaute durch mein Fernglas auf den leeren Strand. Mir war nicht klar, wie die vier Wochen vergehen sollten.

Als ich später mit Zanka auf die Inseln wollte, brachte ich die Fotos und meine alten Seekarten mit und legte den ganzen Haufen auf den geflochtenen Tisch, den sich Zanka nahe bei der verspiegelten Bar ausgesucht hatte, um den Kellnerinnen unauffällig hinterherschauen zu können. Hier, sagte ich, wir fahren auf die Inseln, da kannst du dich endlich richtig ausleben. Zanka schob die Fotos hin und her, er war fahrig und nicht bei der Sache und sah ständig schräg hinter mir auf die Spiegel, bis ich ihm mit der Landvermessungskarte Abschnitt acht auf das Handgelenk schlug, Zanka, jetzt hör mal zu, wann fahren wir. Da sah er endlich zu mir herüber, schob die Fotos zusammen und klopfte sie auf der Tischplatte zu einem ordentlichen Stapel. Was soll ich da, sagte er, ich habe zwei Wochen Urlaub im Jahr, und wenn ich mich ausleben will, fliege ich woandershin, schön weit weg. Aber die Insel wäre doch viel näher, rief ich, und viel billiger.

Das ist keine Frage des Geldes, sagte Zanka, das solltest du wissen, und er stand auf und ging.

Meine Eltern versuchten es mit Ausflügen: die westlichste Klippe des Festlandes, die sich nur durch einen gelben Wimpel von den Klippen ringsherum unterschied. Die Robbenbucht, wo wir mit Hilfe des Fernglases weit draußen im öligen Wasser kleine runde Köpfe vor sich hin dümpeln sahen, das mußten Robben sein, denn an der Küste geht kein Mensch freiwillig ins Wasser. Ich machte mir Aufzeichnungen. Mein Vater schaute mir über die Schulter, aber er konnte mein Gekritzel nicht lesen, ich hatte mir eine Art geheime Schmierschrift zugelegt. Am schönsten war der Abstecher zum Leuchtturm.

Der Leuchtturm war vergammelt und mit Maschendraht gegen Besucher abgeschirmt. Er stand auf einem blaugrünen, dichtgewachsenen Rasenstreifen. Unsere Augen ruhten auf der satten, frischen Farbe, sie schillerte fast, obwohl die Sonne nicht schien. Dort trafen wir zum ersten Mal andere Fremde, mehrere erschöpft aussehende Leute mit Regenhüten, die auch alle vor dem Rasen standen und auf das Grün starrten. Es war fast windstill. Niemand sagte etwas. Wir verharrten vor dem Rasenstück, eine Art Sanftmut senkte sich über uns, oder vielleicht war es auch nur Erleichterung, daß die Welt nicht nur salzig und grau war. Sie verflüchtigte sich gleich, als einer der Fremden anfing zu niesen und sich murmelnd und schniefend von der Gruppe löste. Ich knipste den schäbigen Leuchtturm von allen Seiten und versuchte mich auch an dem Rasenstreifen, aber auf den Abzügen später sah er schleimig grün und eher unappetitlich aus. Als ich mit dem Fotografieren fertig war, sah ich mich nach meinen Eltern um. Sie standen am Parkplatz, mein Vater hatte den Arm um meine Mutter gelegt, die sich unter dem ungewohnten Druck etwas nach vorne beugte.

Mich hatten sie endlich vergessen.

ZWEI

Niemand ist eine Insel, gänzlich auf sich gestellt …

John Donne, *Meditationen*

Wir kehrten gereizt und übergewichtig nach Hause zurück. Kaum war ich allein in meinem Zimmer, holte ich aus meiner Schultasche das Bild des Inseljungen und legte es vor mich auf den Schreibtisch. Sein Blick schien mir nun nicht mehr beharrlich, sondern streng und herausfordernd, der gerade Strich der Augenbrauen, die fest geschlossenen Lippen. Ich finde dich, sagte ich leise.

Niemand sprach mehr über die Zeit. Um meinen Eltern trotzdem eine Freude zu machen, ließ ich die Filme entwickeln, kaufte Karteikarten und Fotokleber und kleine Etiketten und verstreute alles im Wohnzimmer, damit sie sahen, daß ich angeregt bei der Sache war. Den wenigen, die wissen wollten, wo ich in den Ferien gewesen war, sagte ich, zu Hause, sieht man doch, oder. Man mußte mir glauben, denn ich sah teigig und bleich aus und traute mich in der Sportumkleide kaum, das kurze Höschen anzuziehen, aus dem meine blassen Beine herausquollen wie Mozzarella, während die anderen in knappen Leibchen um mich herumturnten und geschmeidig über die Bänke setzten. Das hatte ich früher auch gekonnt. Meine neue Leidenschaft schien ungesund zu sein.

Ist doch egal, sagte Klaus-Peter, der einzige, dem ich in Andeutungen von der Küste erzählt hatte und von meiner Sorge, bald in keinen Badeanzug mehr zu passen, du willst doch sowieso auf die Inseln, da tragen alle immer nur Regenmäntel. Das sagte er so, aber in der nächsten großen Pause sah ich eine geschmeidige ockerbraune Zehntkläßlerin in seinen Armen, er hatte seine Hände in ihrer Hose und sein Gesicht an ihrem Hals, und das war mir nicht egal, ich ging so nah an die beiden heran, daß ich ihn leise grunzen und sie kichern hörte, aber sie bemerkten mich gar nicht. Ich starrte, bis der unreine C-Dur-Akkord sie auseinandertrieb, und immer noch sah mich niemand. Ich hätte nicht in Klaus-Peters Armen sein wollen, ich kannte ihn ja noch nicht einmal, nur aus der Schule vom Abschreiben, und überhaupt wollte ich niemals in irgendwelchen Armen sein, aber wenigstens hätten sie mich sehen können.

Von nun an passierte mir das öfter. Die Lehrer, die mich früher mit den Augen gesucht hatten, sobald sie zur Tür hereinkamen, manchmal hatten wir uns sogar unmerklich zugenickt, strichen mich auf ihren Namenslisten durch, weil sie dachten, ich sei krank, und ich saß die ganze Zeit an meinem Platz zwischen Klaus-Peter und Dirk, wie immer, und wartete trotzig, wann sie es bemerken würden. Nur der Erdkundelehrer tat sich schwer ohne mich, jedenfalls sagte er das, wenn ich fehlte, ohne dich geht hier gar nichts, sagte er, ich erwarte viel von dir. Er war selbst bleich und in den Ferien sicherlich nicht weg gewesen.

Ich hörte auf, mein Haar zu schütteln, obwohl es immer noch dick und lang war, und stürzte mich in die Arbeit. Ich las Bücher über Inseln. Über meine Inseln gab es fast nichts, aber schließlich war die Welt voller Inseln, Inseln mit Kaffeeplantagen, Orchideen und Zypressen, aus Lava, zermahlenen Muscheln und versteinertem Vogelmist, Inseln mit Militärstützpunkten und mit Pinguinkolonien, mit Lachsfarmen und mit seltenen Sprachen, winzige Inseln und Inseln mit Städten, solche mit und solche ohne Brücken, versprengte Schären, überwucherte Paradiese, sonnenverbrannte Felsen, Pfaueninseln, Bäreninseln, Gefängnisinseln, Inseln, die jemand in rosa Plastikfolie verpackt hatte, Inseln, die in der Regenzeit im Meer versanken, Schatzinseln, einsame Inseln, verseuchte Inseln, fliegende Inseln. Ich legte mir Karteikarten an, und der Penner, der sich in der Reiseabteilung der Stadtbücherei immer denselben Wanderführer vor das Gesicht hielt, stützte das Kinn in die Hand und schaute mir kopfschüttelnd zu.

Ich las Bücher über Leute, die auf Inseln lebten, über Robinsons und Einsiedler, Reisende und Wahnsinnige, über Wilde, die auf Inseln zu Gott fanden, und über Priester, die über Inselmädchen herfielen. Ich las Statistiken über Helgoland, Abhandlungen über ägäische Inselschulen, über das dorische Kreta, die frühe inselkeltische Erzähltradition, die Mythen der Isländer und die Geographie der Südseeinseln. Ich verstand wenig. Ein bißchen was wird doch auch für meine Inseln stimmen, dachte ich und stellte mir meine Inseln jeden Tag anders vor, je nachdem, was ich gerade las. In manche Bücher steckte ich kleine gelbe Zettel mit Botschaften für andere Inselforscher, Stichwörter, die mir wichtig schienen, damals war ich sehr freizügig.

Ich dachte auch, Leute, die dasselbe machen, gehören zusammen. Manchmal schrieb ich deswegen sogar meine Telefonnummer auf die kleinen Zettel, vielleicht ruft ja einer an, dachte ich. Den könnte ich dann über meine Inseln fragen, die wissen bestimmt besser Bescheid als ich. Ich wußte noch nicht, daß niemand über die Inseln Bescheid weiß. Ich dachte auch, vielleicht ist es ja jemand wie ich, der sich dann meldet, vielleicht will er ja mit mir einen Tee trinken, vielleicht mag er mein Haar und meine vielen klugen Inselgedanken, wir könnten ein Buch zusammen schreiben. Einmal rief wirklich jemand bei uns an und wollte mich sprechen, mein Vater winkte wichtig, hielt die Hand über den Hörer und sagte, ein Lehrer, glaube ich, klingt dringend, aber als ich dann endlich das Telefon in die Hand bekam, hörte ich nur noch ein Tuten.

Natürlich las ich nicht so wie später. Ich blätterte und schaute zwischendurch aus dem Fenster der Bücherei, das auf eine Hochgarage hinausging, oder aus dem ungeputzten Fenster des Landesarchivs, aber seltener, weil die mich nicht oft hineinließen, und machte mir kleine Notizen auf meine Karteikarten,

Bildchen, Ausrufezeichen, geheime Abkürzungen, die ich später wieder vergaß. Ich habe alles aufbewahrt.

Allmählich wußte ich, wann wer kam und wer wo saß. Den Penner mit dem Wanderführer konnte niemand übersehen, aber andere, die genauso oft da waren, fielen kaum auf, sie beugten sich still über ihre Schreibblöcke und Zeitschriften, manche schauten auch nur vor sich hin oder schoben die Häutchen auf ihren Fingernägeln zurück. Eine alte Dame in Märchen und Sagen saß immer schon zwischen aufgetürmten Büchern, wenn ich kam, und stach sich mit frisch gespitzten Bleistiften in den Haarschopf, bis ihr die Perücke auf die Augenbrauen rutschte. In Kunsthandwerk und Hobby trieb sich nachmittags eine Frau mit Schlapphut und weiten bestickten Hemden herum, die Daumen in ihren breiten Ledergürtel gehakt, und musterte die Buchrücken. Kleine Männer im Regionalen zogen sich die Hosen glatt, bevor sie zwischen ihren Karteikästen verschwanden. Ich war die Jüngste.

Wir wechselten Blicke untereinander, und wenn ein Neuer kam, ein flüchtiger Leser, der nur einen Krimi wollte, etwas für zwischendurch, ein Kochbuch, folgten wir ihm mit den Augen und hielten die Luft an, wenn er sich nichtsahnend auf einen der Stammplätze setzte. Die Neuen wußten nicht, wo es zog, wo man das Schaben der Toilettentür hörte und welche Leselampen Wackelkontakt hatten. Wir wußten das.

Also stimmt es nicht, daß niemand mich sah. Sie alle sahen mich, die Forscher, Damen und Schreiberlinge, Penner und Denker, sie sahen mich sehr wohl, ich muß ihnen etwas bedeutet haben, erfrischend muß ich ausgesehen haben trotz meiner Sommerblässe und meinem neuen Bäuchlein und meinen weißen Waden. In der Schule hatten sie mich vergessen, Leute mit Leidenschaften hält man sich auf die Dauer lieber vom Hals, aber hier hatten alle irgendeine Leidenschaft, und alle waren sonderbar.

Manchmal vergaß ich über meinem Gekritzel und den prüfenden, saugenden Blicken der anderen und über dem Kommen und Gehen im Parkhaus gegenüber, was ich eigentlich hier wollte, ich vergaß auch die Uhrzeit, ich ließ mein Haar vor das Gesicht fallen, wiegte mich leicht zum Rauschen der Klimaanlage und kritzelte vor mich hin, Gesichter, Zeichen, die Augenbrauen des Inseljungen. Friedlich war es. Nur die Füße wurden schnell heiß, unglaublich heiß, auch im Winter, sie glühten, und wenn ich mir die Schuhe unter dem Tisch abstreifte, half es gar nichts, sie pulsierten und schwollen an und paßten abends kaum noch in die Turnschuhe. Ich hatte das bei alten Frauen gesehen, diese klumpigen Schwellfüße, und fürchtete schon, blaue Adern würden sich bald aus meiner Haut hervorwölben, jeden Abend betastete ich meine Fersen und Fußrücken, aber sie blieben glatt und weiß.

Danach trat ich ins Sonnenlicht, alles war laut um mich herum, die Leute gingen zügig und entschlossen dorthin, wo sie hingehörten, straff sahen sie aus und federnd, und mir fiel wieder auf, daß meine neue Leidenschaft nicht gesund war. Früher hatte ich alles gekonnt, straff ausgesehen und meine Füße nicht betasten müssen.

Meinem Vater fiel es nicht auf, Äußeres zählt nicht, sagte er oft, und mit mir hatte er erreicht, was er sich immer gewünscht hatte, ich folgte meiner Leidenschaft, aus mir würde etwas Besonderes werden, eine Forscherin, ich hatte endlich eine Berufung, was kümmerte es ihn, daß meine Waden aussahen wie Mozzarella. Mich kümmerte es ja auch nur manchmal. Selbst wenn ich zu spät zum Abendessen kam, sagte er nichts, wie die anderen fing er nun auch an, mich weniger zu beachten, er wußte mich auf den Weg gebracht, ein Fernglas hatte ich ja. Die Fragen ebbten ab, er verzierte die Butter und war zufrieden. So schnell geht das.

Meiner Mutter war mein neues Leben nicht ganz geheuer, sie fand mich zu blaß. Wenn ich aus der Bibliothek zurückkam, mit einem Bündel Unterlagen im Arm, verschwitzt und mit schleppendem Gang, weil meine Füße so dick waren, wartete sie manchmal am Gartenzaun und schaute mir kopfschüttelnd entgegen, Kind, du siehst ganz verstört aus. Du solltest einen Segelkurs machen oder Jiu-Jitsu. Wieso denn, keine Zeit, sagte ich und drückte mich an ihrer Hand vorbei, die mir in den Nacken greifen wollte. Ich weiß nicht, rief sie mir hinterher, dieses ganze

Geforsche und Gemache, gut und schön, aber du siehst aus wie ein ausgespucktes Käsebrötchen. Sag das mal Papa, sagte ich, der wollte das doch.

Im Landesarchiv traf ich Professor Losten. Zuerst dachte ich, er sei ein Penner. Er hatte vergilbtes Haar, schorfige Hände und bläulich schimmernde Backen, die schwer herunterhingen wie gefüllte Taschen. Aber seine Kleider waren gebügelt, die Krawatte fest unter dem Adamsapfel verzurrt, da stimmte alles, nur die Haare und diese Backen, ich stellte ihn mir mit dem Rücken an einer Hauswand vor, die Flasche vielleicht unauffällig in einer Plastiktüte verstaut, einen Karton mit gebügelten Hemden neben sich. Bald merkte ich, daß Professor Losten las wie jemand, der sein ganzes Leben nichts anderes gemacht hat, er hielt sich mit der einen Hand die gelben Haare aus der Stirn, mit der anderen blätterte er sich zügig durch Engbedrucktes, Ledergebundenes. Er sah nicht hoch, kratzte sich nicht, notierte sich nichts, erst wenn er das Buch zugeschlagen und eine Weile regungslos auf den Einband geschaut hatte, nahm er den Stift zur Hand. Noch nie hatte ich, seit ich meine Arbeit aufgenommen hatte, einen Penner gesehen, der so las, ich kannte überhaupt niemanden, der so las, und wollte es unbedingt lernen.

Ich starrte ihn unverwandt an, man konnte ihn unendlich lange und so heftig anstarren, wie man wollte, er merkte es nicht. Manchmal bewegte er leicht die Schultern. Manchmal schob er einen Fuß vor den anderen. Manchmal ließ er einen Finger im Buch, die Seiten wölbten sich um seinen Daumen, und fuhr sich mit der anderen Hand in den Nacken. Sonst passierte nichts. Ich dachte an nichts, wenn ich ihm zusah, nicht an die Inseln, nicht an Klaus-Peter oder die Schule, ich starrte nur und zählte seine Hemdknöpfe, die immer alle geschlossen waren, und sah, daß seine Fingernägel so gelblich waren wie seine Haare und sein Kinn an einer Stelle wundgescheuert vom Kragen. Unappetitlich, dachte ich, ein bißchen entzündet sieht er aus und ungelüftet, aber ich ekelte mich nicht.

Ich wußte nichts über ihn und wollte auch nichts wissen, es war einfach nur erholsam, ihm beim Lesen zuzusehen. Dabei war es ja nicht so, als hätte ich niemals Leute beim Lesen gesehen, meine Eltern lasen, manche Lehrer lasen, und der Kioskbesitzer gegenüber der Schule las sich gierig durch seine bunte Zeitung, einen dicken Zeigefinger an die Lippe gelegt. Lesen war nichts Besonderes, aber Professor Losten tat es so ungerührt und zäh wie niemand sonst, den ich kannte. Natürlich las ich selbst keine Zeile, während er Buch um Buch erledigte. Ich weiß nicht, wie viele Stunden ich so saß, aber auch das störte mich nicht, es schien mir zur Arbeit dazuzugehören, und wenn ich aus dem Archiv kam, nichts gelesen und die Karteikarten noch nicht einmal aus der Zellophanpackung geschält hatte, fühlte ich mich trotzdem erschöpft und ein Stück weiter in meiner Forschung.

An einem Dienstag, ich war direkt nach der Schule zum Archiv gerannt und hatte meinen Sportbeutel mit den verschwitzten Einlagen und dem Duschgel hinter dem Papierkorb in der Eingangshalle versteckt, damit sie mich überhaupt hineinließen, kam Professor Losten später als ich und brachte einen Laptop mit. Der Laptop sah neu und teuer aus, und Professor Losten war anders als sonst. Er suchte unter dem Eichentisch, an dem er sonst las, nach einer Steckdose, kam mit Flusen am Kragen wieder hoch, hantierte fahrig mit Papieren und Kabeln. Einmal schaute er sogar zu mir herüber. Ich hatte meine Bücher und Zettel wie immer genau ihm gegenüber aufgebaut und die Stifte der Größe nach geordnet, während ich auf ihn wartete, und ärgerte mich nun, daß ich nicht hinter ihm saß, dann hätte ich über seine Schulter den Bildschirm erkennen können.

Er fing an zu tippen, drehte sich aber ständig mit dem Stuhl leicht zur Seite, um sich am Knöchel zu kratzen, bewegte den Nacken und zupfte sich an der Schläfe, dann beugte er sich über die Tastatur, schloß kurz die Augen und spielte mit den Fingern, schrieb rasch einige Minuten, sprang auf und holte einen Band aus dem Regal, den er sich auf den Schoß packte, danach aber zu vergessen schien. Er war wie unter Strom, als ob alles Gelesene der letzten Wochen und Monate nun aus ihm herausplatzen wollte und nicht mehr zu zügeln sei, wie Schweiß oder ein Juckreiz, ich fand ihn nun doch eklig, konnte aber den Blick nicht von ihm wenden. Ich starrte ihn an und dachte, das ist widerlich, er benimmt sich wie ein Hampelmann, unter den Armen schwitzt er auch schon, was hat er denn auf einmal.

In der Eingangshalle sprach ich ihn an, gerade an diesem Tag wollte ich ihn plötzlich sprechen hören, vielleicht dachte ich auch, es würde ihm in seiner Unruhe helfen, mit jemand anderem ein paar Worte zu wechseln. Er stand vor dem Teeautomaten, der unermüdlich fauchend schwachen Zitronentee aufbrühte, und las unschlüssig die Gebrauchsanleitung. Ich zieh Ihnen einen, sagte ich, der ist gar nicht so schlecht. Ich sagte es wie eine Kellnerin, leise und dienstfertig, und dachte zuerst, er habe mich gar nicht gehört. Aus der Nähe sah ich die Kopfhaut unter seinen gelben Haaren und den feuchten Stoff unter seinen Armen, ich sah sogar, daß seine Knöpfe mit einem taubengrauen Garn angenäht waren, das nicht ganz zu dem blauen Hemd paßte. So nah hatte ich ihm nicht kommen wollen, und doch trat ich noch einen Schritt näher, bis ich den sauren Geruch von Schweiß in der Nase hatte. Er grübelte noch ein Weilchen, drehte sich dann langsam zu mir um und sagte, gar nicht überrascht, so als sei ich schon seit Jahren für seinen Zitronentee zuständig, mit dünner, hoher Stimme, danke Ihnen, wenn Sie es gerade passend haben.

Später im Büro machte ich den Tee zu meiner Aufgabe. Professor Losten hatte keine Anweisungen erteilt, und ich glaube nicht, daß er darauf achtete, ob er Tee bekam oder Spülwasser oder gar nichts, nur wenn er schrieb, brauchte er Flüssigkeit, weil er dann stark schwitzte. Aber ich wollte ihm Tee bereiten, ich kaufte den Tee, natürlich niemals Zitronentee, in einem Teegeschäft, füllte ihn in die marmorierte Teedose, spülte gegen fünf die Kanne, brühte ihn auf, überwachte ihn, reichte ihn mit Zucker und Anisplätzchen, danke Ihnen, sagte er jedesmal mit dieser Stimme, die nun einmal seine Stimme war, und nickte. Wenn ich ihm den Tee brachte, trat ich von hinten sehr nah an ihn heran und beugte mich langsam über seinen Nacken, bevor ich ihm das Tablett neben die Bücher stellte. Ich schaute auf die Kopfhaut, den vergilbten Nacken, die feinen Schuppen auf seinem Kragen, die wunden Stellen am Hals und roch seinen Geruch, bis er mich hinter sich spürte und meine Aufgabe mit seinem Nicken erledigt war.

Ich erzählte ihm etwas damals in der Halle, während er hastig seinen Zitronentee trank. Ich redete wirres Zeug, von den Inseln, der Inselsprache, der Geographie der Küstenregion, von meiner Arbeit und dem Erdkundelehrer, der ohne mich nicht weiterkam. Wie alt sind Sie eigentlich, fragte er zwischendurch. Siebzehn, sagte ich schnell, eigentlich war ich erst sechzehn, und was machen Sie, ich meine, was schreiben Sie heute, sonst lesen Sie doch immer nur. Ich bin Dialektologe, sagte er. Ich war mir nicht ganz sicher, ob ich wußte, was das ist. Jeden Moment würde er sich abwenden, wahrscheinlich dachte er längst an ganz andere Dinge, doch noch stand er da und nippte an seinem Tee und sah mich von der Seite an, und ich fand ihn eklig und wollte doch nicht, daß er wegging.

Bei seinen Mitarbeitern passierte mir das nie, dabei waren die jünger und schauten mir hinterher, wenn ich enge Kleider anzog, ganz enge paßten ja nicht mehr, aber das störte die Mitarbeiter nicht, sie hatten was zu gucken, stellten sich dicht neben mich, wenn ich Kopien machte oder Briefe zuklebte. Ich wollte nicht, daß sie mir auf die Pelle rückten, sie konnten mir gestohlen bleiben, und ich nickte ihnen eilig zu und ließ sie stehen. Das gefiel ihnen auch wieder, sie kamen hinterher, fragten nach meiner Forschung, und natürlich redeten wir, aber ich machte es so kurz wie möglich.

Professor Losten grüßte mich, seit ich ihm den Zitronentee gezogen hatte. Wer ihn nicht genau beobachtete, hätte seinen Gruß nicht bemerkt, es sah eher so aus, als wollte er mit dem Kinn eine Fliege von seiner Schulter verjagen, aber ich wußte, er meinte mich.

Die Schule und sogar die Inseln hatte ich fast vergessen. Die anderen gingen in die Tanzstunde, machten den Führerschein und soffen bei Sternenlicht vor dem Rathaus, bis die Polizei kam. Ich saß im Landesarchiv, nahm zu und starrte Professor Losten an. Ich kann doch auf dich zählen, sagte Herr Kohlhas nach jeder Stunde, wenn er mit dem Schlüssel an der Tür wartete, bis ich die Landkarten eingerollt und den Projektor abgedeckt hatte. Ja natürlich, sagte ich abwesend, bis er mich irgendwann an den Handgelenken nahm, zu einem Stuhl führte und auf den Sitz drückte, jetzt hör mal, es geht mich ja nichts an, du bist meine beste Schülerin, keine Frage, aber wenn du weitermachen willst, brauchst du ein ordentliches Abitur, verstehst du. Wieso, sagte ich und schaute auf seine Hose. Die Stühle im Klassenzimmer waren niedrig, bequem vielleicht für eine Elfjährige, aber viel zu klein für mich, ich mußte meine Beine anwinkeln, bis ich die Knie fast am Kinn hatte, und reichte Herrn Kohlhas, der stehengeblieben war, nur bis zur Hüfte. Herr Kohlhas schaute auf mein Haar, das einzige an mir, das mir immer noch gefiel, dick und fest war es geblieben.

Plötzlich ging er in die Hocke und legte mir die Hände auf die Knie, paß auf, es geht mich ja nichts an, sagte er noch mal, aber auf der Konferenz war nichts Gutes über dich zu hören, eigentlich gar nichts, du bist weit unter den Durchschnitt gesackt. Wenn ich da an früher denke. Du läßt dich hängen, nur bei mir nicht. Ich weiß, was ich will, sagte ich. Herr Kohlhas drückte meine Knie, dann tu was dafür. Ich wollte nach hinten wegrücken, aber der Stuhl war zwischen Pulten eingekeilt. Einen Moment lang verharrten wir so, der Erdkundelehrer vor mir, die Hände auf meinen Knien, seine weißen Unterarme in der Schwebe. Die Armbanduhr an seinem Handgelenk war so groß wie ein Spiegelei. Mir war heiß. Ist die wasserdicht, fragte ich. Er seufzte, stand ungeschickt auf, beide Kniegelenke knackten gleichzeitig, bis zu hundert Meter unter dem Meeresspiegel, sagte er. Um von dem eingeklemmten Stühlchen wegzukommen, mußte ich mich umständlich hochhieven, während er mit den Schlüsseln hantierte und mich nicht mehr ansah.

Zu Hause machte ich mir eine Liste: Abnehmen. Lernen für Matheklausur. Englisch nachholen. Aufräumen. Neue Klamotten. Klaus-Peter zum Tee einladen. Ich lud Klaus-Peter zum Tee ein. Er brachte seine samtige Freundin mit, die anfing zu lachen, als ich uns Tee bestellte, trinkst du wirklich Tee, sagte sie, meine Tante trinkt auch immer Tee, und die wohnt seit zwölf Jahren im Altersheim. Sie lachte und spielte unter dem Tisch mit Klaus-Peters Händen. Klaus-Peter sagte nichts. Mir fiel auch nichts ein. Zitronentee ist ganz gut, sagte ich schließlich, wenn es heiß ist, und dann fing Klaus-Peters Freundin an, über Zitrone in Cocktails zu reden, und Klaus-Peter redete über Kneipen, und Klaus-Peters Freundin redete darüber, was ihre Freunde in Kneipen so trieben, und ich brauchte nur noch zuzuhören. Hinterher legte ich mir eine Karteikarte mit den Namen der Kneipen an und schrieb auf meine Liste: In Kneipen gehen.

Für die Abiturfeier hatte ich mir einige Kilo abgehungert, aber einen Tanzpartner wollte ich nicht, ich konnte ja noch nicht einmal Foxtrott. Mich hatte auch niemand gefragt. Meine Eltern saßen fremd und stolz auf den niedrigen Stühlen und stießen sich die Knie an den mit Leinentüchern aufgeputzten Tischen. Während die anderen Eltern die Köpfe zusammensteckten, sich Feuer gaben und einander Visitenkärtchen zuschoben, kannten sie niemanden. Mein Vater folgte mir mit den Augen, als ich ihnen Getränke holte oder zum Händeschütteln nach vorne zum

Rektor mußte. Ich bekam den Preis für die beste Erdkundearbeit des Jahrgangs, einen Bildband über die Fauna der Serengeti. Das ist ein Wegweiser, sagte mein Vater. Wenn du dich leiten läßt von dem, was du wirklich willst, wird es nicht der letzte Preis gewesen sein.

Meine Mutter sagte wenig, sie ließ sich von Herrn Kohlhas, der mit einer Sektflasche an unseren Tisch trat und stark auf dem Rücken schwitzte, am Handgelenk packen, er hatte zuviel getrunken, und musterte ihn mißtrauisch, als er ihr sagte, Ihre Tochter ist großartig, sie darf sich nur nicht hängen lassen, sorgen Sie dafür. Ich kann da nicht viel machen, sagte sie schließlich, als er seinen Griff nicht lockern wollte und auf ein Versprechen zu warten schien. Er sah bittend zu mir herüber, da mischte sich mein Vater ein, auch er hatte zuviel Sekt im Blut und fuchtelte mit den Händen, Sie finden doch auch, daß sich ein Forschergeist in diesem hübschen Kopf verbirgt. Herr Kohlhas sah auf meinen Kopf, ich fand sein Gesicht aufgedunsen, obwohl ich ihm viel verdankte. Wem sagen Sie das, sagte Herr Kohlhas, riß seinen Blick von mir los, mein Haar glänzte heute mehr als sonst, weil ich eine stärkende Creme hineingerieben hatte, und starrte plötzlich meinen Vater an, sie sollte über die Inseln arbeiten, da gibt es erst wenig, und er drehte sich um, ohne sich zu verabschieden.

Ich sah den Besten zu, die auf der kleinen Bretterbühne in der Aula ihre Urkunden abholten. Bei mir hatte es gerade gereicht, bis auf Erdkunde weit unter dem Durchschnitt, und eigentlich konnte ich froh sein, daß mein Vater alles in Kauf nahm und auch noch stolz auf mich war. Ich schob den eingeschweißten Bildband auf der Tischdecke hin und her und versuchte, nicht zu Klaus-Peter hinüberzusehen, der in einem dunkelblauen Anzug eckig aussah und seiner leuchtend geschminkten Freundin den Arm von hinten fest um den Hals gelegt hatte. Ich dachte an die Inseln und war nicht erleichtert, daß die Schule vorbei war, denn meine Arbeit würde immer weitergehen.

Jetzt werden die Karten neu gemischt, sagte meine Mutter am Morgen nach der Abschiedsfeier. Sie wußte natürlich, daß ich mich hier in der Stadt zum Studium eingeschrieben hatte und keine eigene Wohnung suchen würde, das war zu teuer und umständlich, und ich wollte nun meine ganze Kraft in die Arbeit stecken. Für mich wurde gar nichts neu gemischt, aber meiner Mutter schien der Gedanke zu gefallen, sie kratzte an der Butter herum und sah aus dem Fenster, vielleicht erinnerte sie sich daran, wie das sein kann, wenn die Karten neu gemischt werden.

Ich ging in mein Zimmer, räumte die Schulsachen in Kartons und wartete auf die warnende, verheißungsvolle Übelkeit, die sich in den Knochen ausbreiten und sogar ein leichtes Würgen in der Kehle erzeugen kann, wenn sich ein neuer Anfang auftut, so wie es mir damals ergangen war, als ich das Buch in der Bibliothek gefunden hatte. Nichts passierte, ich mußte sogar gähnen, als ich die Matheunterlagen abheftete, und was vor mir lag, wußte ich: Ich würde

Geographie, Völkerkunde und bei Professor Losten Dialektologie studieren, würde mich in seinen Seminaren bemerkbar machen, immer wieder Laut geben, bis er mich zwischen den Gesichtern herauspickte, mich wiedererkannte und in die Lehre nahm, in sein Vorzimmer hielte ich Einzug, den Schlüssel zu seinem Postfach bekäme ich und seinen Leihausweis. Ich würde ihm Tee kochen. Und gleichzeitig Dinge erforschen, von denen niemand etwas ahnte. Und dann würde ich die Inseln bereisen. So wollte ich es. Und so wurde es.

Ich brachte der Bibliothekarin die Bücher zurück, lud mich zum letzten Mal an dem grünen Teppich auf, schenkte ihr einen Strauß Flieder, den sie leicht errötend neben die Mahnzettel legte, und klaute beim Hinausgehen noch drei Bücher über die Inseln. Ich trug die Kisten mit den Schulsachen in den Keller und hörte auf, den Abendbrottisch zu decken. Ich hörte sogar auf, Abendbrot zu essen. Ich hängte mir die Liste innen an die Zimmertür. Ich sah alle Aufzeichnungen durch und zerriß viele der Kritzeleien, Krakeleien und ungeschickten Mitschriften der letzten Jahre zu Fetzen, aber manches sah doch ganz brauchbar aus. Ich wühlte das brüchige Bild des Kindes mit den geraden Augenbrauen unter meinen Notizblöcken hervor und zerriß es auch zu Fetzen. Dann sammelte ich die Fetzen wieder aus dem Papierhaufen, glättete sie und klebte sie notdürftig zusammen. Ich schrieb auf die Liste: Männer. Und ich verbot meinen Eltern, von nun an mein Zimmer zu betreten.

DREI

Dann
kurze Stöße,
gepreßt,
aus dem Bauch,
aus dem Grimmdarm,
vom Horizont her –
Land, vielleicht Inseln,
der angehaltene Atem.
Pause. Übergang.

Klaus Reichert, *Wär ich ein Seeheld*

Der erste Mann, der mich nach der Schule küßte, der erste Mann also, wenn ich ehrlich bin, der mich überhaupt küßte, war Zanka. Zanka war ein Lebemann, so nannte ihn meine Mutter, die mich einmal mit ihm beim Sektfrühstück in einem Bistro entdeckte. Sie hatte eine sperrig verpackte elektrische Getreidemühle unter dem Arm und drängte sich zwischen den Tischen durch, vielleicht wollte sie einen Kaffee trinken, und mit einem Blick erfaßte sie die Lage. Zanka hielt in der einen Hand das Sektglas und in der anderen meine rechte Brust, er sah meine Mutter gar nicht, ich erschrak natürlich, doch sie schien freudig überrascht, nickte mir zu mit vorgeschobener Unterlippe, ein anerkennendes, ermutigendes Nicken, und drehte gleich wieder um. Zu Hause nickte sie nun jeden Morgen beim Frühstück so, und einmal sagte sie anerkennend, während sie ihren Kräutertee aufbrühte, dein Lebemann fängt den

Tag mit Sekt an, und mein Vater hatte keine Ahnung, was sie meinte. Dafür war er nicht zuständig.

Zanka las keine Bücher, und er hatte viel Geld. Er fand meine Forschungen unterhaltsam und amüsierte sich eine Weile über das, was mein Vater meine Leidenschaft nannte, das kannte er nicht, es war ein neues Spiel, und wenn ihm meine Berichte zuviel wurden, riß er mich hoch und fuhr mich ins Kino, wo er meinen Hals schleckte und an meinen Knien herumfingerte. Es störte mich nicht, ich ließ es mir gefallen, weil es auf meiner Liste stand, und weil Zanka mir zu jeder Tageszeit wohlschmeckende, schwindelerregende Getränke einflößte, und weil ich sonst wohl Stunde um Stunde über meinen Studien gesessen hätte und noch dicker geworden wäre und weil Zanka nach Vanille und Zigaretten roch und nach einem Schweiß, der vom Einkaufen, Küssen und Autofahren kommt und nicht vom Forschen.

Zanka schien nicht zu merken, daß ich noch nie einen Mann geküßt hatte, ich ließ einfach alles über mich ergehen, was er mit mir anstellte, auch wenn ich manchmal überrascht über die Verrenkungen und Geräusche war, die ihm einfielen. Mein Haar gefiel ihm, er wickelte sich dicke Strähnen um die Hand und schnitt sich Büschel ab, die er in seinen Geldbeutel stopfte, und beim nächsten Mal hatte er sie schon verloren und wollte noch mehr abschneiden. Auch meine breitgesessenen Oberschenkel störten ihn nicht, ich mag pummelige Mädchen, sagte er. Er mochte auch drahtige Mädchen und hochaufgeschossene, ganz junge und solche, die schon in die Jahre gekommen waren, er mochte einfach Frauen und hielt sich eine ganze Schar, sie sollten ihn amüsieren und liebkosen. Ich war seine kleine Forscherin. Das alles bekümmerte mich wenig, ich sah ihn sogar manchmal, ohne daß sich mein Puls erhöhte, mit einem seiner Mädchen im Auto, einmal sogar in einer Regennacht heftig stöhnend an die hintere Außenwand einer teuren Bar gepreßt, wo ich mein Fahrrad aufschließen wollte und taktvoll im Schatten wartete, bis ich das Mädchen schreien hörte, etwas, das mir bisher noch nicht gelungen war, aber auch das fiel ihm nicht auf. Es machte mir nichts aus, bei Zanka eine von vielen zu sein. Dafür hatte Professor Losten nur mich.

Zanka hatte mich angesprochen, als ich in einer der Kneipen, die ich auf meiner Liste führte, einen Aufsatz von Professor Losten, der mich sofort mit einem unmerklichen Kopfnicken in der Vorlesung wiedererkannt und sehr schnell an seine Seite geholt hatte, wenn auch zuerst nur für Handlangerdienste, auf Tippfehler durchsah. Wenn ich arbeite, das haben mir schon viele gesagt, strahlt in meinem Gesicht eine liebliche Ernsthaftigkeit, so würden die alten Herren in den Bibliotheken es wohl ausdrücken, sei ich voll bei der Sache, sagte Zanka anerkennend, der es nicht gewohnt ist, daß jemand längere Zeit auf ein Blatt Papier oder ein Buch schaut.

Er setzte sich mir schräg gegenüber und starrte mich an, während ich flinke rote Korrekturzeichen an den Rand von Professor Lostens Aufsatz über die

Entwicklung der labialen Plosive im Dialekt der vorderen Inselgruppe setzte und mich wunderte, daß ich jemandem zu gefallen schien. Ich wurde sogar etwas unruhig, weil mir plötzlich wieder auffiel, daß mein Körper in den letzten Jahren nicht nur fülliger geworden war, sondern auch ein Eigenleben entwickelt hatte, das Beobachtern seltsam vorkommen mußte. Mit der linken Hand knetete ich mir nämlich ständig den Nacken, und manchmal preßte ich meine Augen zu, um das Brennen zu lindern, das die vielen Buchstaben auf der Netzhaut erzeugten, und manchmal weitete ich die Nasenflügel zu einer Art Schnauben, wenn ich einen Absatz zu Ende gelesen hatte, und die Zehen hielt ich ständig in Bewegung, damit die Füße nicht anschwollen und etwas zu tun hatten, wenn sie schon nicht vom Fleck kamen. Ich kannte meine kleinen Angewohnheiten und hatte gelernt, sie zu unterdrücken, in der Schule hätte ich mir sonst einiges anhören müssen, aber in den Bibliotheken machten es alle regelmäßigen Leser, jeder hatte Ticks, und durch die Lesesäle ging ein Wippen und Zucken, Schniefen und Schaukeln.

Zanka setzte sich behaglich an seinem Tisch zurecht und starrte mir auf die Finger, die mit dem Stift in der Schwebe schnell über die Zeilen fuhren, und auf die Lippen, mit denen ich unwillkürlich die Plosive der vorderen Inselgruppe formte, und plötzlich saß er neben mir, ich hatte eine Weile nicht hochgeschaut und erschrak. Er hatte sich einfach angepirscht, zügig und ohne weiter nachzudenken.

Manchmal, wenn er die Lust verliert, wie es auch bei Katzen passieren kann, dreht er sich rasch weg und hat schon vergessen, was er Sekunden vorher noch im Blick gehabt hat. Es kam vor, daß wir an den Glasfronten seines Lieblingscafés vorbeigingen, er wurde langsamer und spähte durch die Scheiben, ich räusperte mich schon und wappnete mich, weil er mich gleich vor sich her ins Gedränge schieben und jemandem ins Gesicht fuchteln würde, den ich nie vorher gesehen hatte, da drehte er sich um, schaute auf die Uhr und sagte, ich muß noch schnell ins Büro, ganz eilige Sache. Seine Schuhsohlen waren dick. In sein Büro nahm er mich nie mit, ich weiß immer noch nicht genau, wie er sein Geld verdient, er sprach nie darüber.

Er saß dicht neben mir, hatte schon etwas zu trinken kommen lassen und beugte sich über Professor Lostens Aufsatz, was ist denn das, was hast du denn da, und ich mußte es ihm erklären, er fragte sogar nach, während er durch den Raum und wieder auf meine nackten Oberarme schaute, unsere Knie berührten sich schon, jemand reichte mir von hinten einen Aperitif, und plötzlich mußte er gehen, wir sehen uns dann, sagte er bestimmt, und so war es auch.

Er fehlte mir überhaupt nicht, wenn ich ihn wochenlang nicht sah, ich dachte nicht einmal an ihn, bis ich seinen Wagen, der vor dem Institut auf mich wartete, oder im Café an der Garderobe seine teure Jacke entdeckte. Immerhin fragte er mich nach der Arbeit, das taten nicht viele, und er brachte mir bei, wie man viel trinkt, ohne am nächsten Morgen einen stumpfen Geschmack im Mund zu haben, und daß man im Bett schreien kann und sogar soll. Seit ich Zanka kannte, sahen mir Männer hinterher.

Ich hörte auf, Arbeit aus dem Institut mit nach Hause zu nehmen, kaufte mir einen kurzen engen Rock, dessen Bund sich in meine Bauchfalten preßte, und hängte mir ein Plakat von Zankas Lieblingscafé an die Bürotür, das Professor Losten natürlich nie bemerkte, aber seine Mitarbeiter schon, die daraufhin öfter abends an den hinteren Tischen herumlungerten und zu mir und Zanka herüberschauten.

Sie trieben sich auch auf den Fluren herum, wenn ich am Kopierer stand. Ich kniff die Augen zusammen, wenn es blitzte, und bekam bald schon feuchte Finger, die sich unangenehm am Papier anfühlten. Auf einem Abstelltisch legte Professor Losten mir Bücher bereit, ohne Zettel, ohne Anweisung, sie lagen einfach da und sollten kopiert werden. Ich wußte nie, welche Stellen, blätterte in den Abhandlungen und suchte mir aufs Geratewohl einige Stellen heraus, die besonders einleuchtend klangen oder besonders rätselhaft. Als ich länger da war, versuchte ich es mit kleinen Spielchen und Tricks, kopierte seitenweise Inhaltsverzeichnisse oder Vorworte, manchmal auch nur Abbildungen. Professor Losten sagte nie ein Wort. Ich hätte ihn gern gefragt, warum er mir nichts über die Inseln gab, er wußte doch, was mich interessierte. Aber ich traute mich nicht.

Oft las ich mich auch fest, las fünf Seiten über Eskimosprachen oder ein Kapitel über das Neuostarmenische, einen halben Aufsatz über die Verwandtschaft zwischen afrikanischer und aztekischer Syntax oder ein paar Zeilen über die letzten Sprecher der Indianersprache Ojibwa. Ich merkte mir viel, aber mein Wissen war merkwürdig bunt zusammengestückelt. Ich legte ihm die Kopien, zusammengehalten von lackierten Büroklammern, säuberlich auf den Abstelltisch, und am nächsten Morgen waren sie weg. Ich konnte nicht sicher sein, ob er sie genommen hatte oder ob sie in die Hände der dreiköpfigen schweigenden Putztruppe geraten waren, die abends um neun immer durch die Gänge eilte, mit schweren Schlüsselbünden die Räume aufschloß und seifige Schlieren unter den Schreibtischen zurückließ.

Obwohl ich hier war, weil ich alles über die Inseln lernen wollte, blieb die Ausbeute mager. Vor Jahrzehnten hatte Professor Losten einiges in Zeitschriften veröffentlicht, deren Papier schon so brüchig war, daß sie in der Bibliothek auf Schaumstoffkissen gebettet wurden, wo ich sie mit staubfreien Handschuhen durchblättern durfte. Bis zu Nummer Vierunddreißig war Professor Losten nie gekommen, noch nicht einmal bis zu den Zwanzigern. Zumindest muß er einmal auf den Inseln gewesen sein, aber immer wenn ich Anstalten machte, ihn danach zu fragen, duckte er sich über seine Notizen und winkte ab. Einmal riet er mir, mich nicht zu früh festzulegen. Die Welt sei größer, als ich meinte. Aber die Welt ist voller Inseln, entgegnete ich.

Professor Lostens Mitarbeiter lasen keine brüchigen Zeitschriften. Sie drängten sich vor zwei riesigen Computern, die den ganzen Tag liefen und Hitzewellen durch das Zimmer schickten, das sie sich teilten, alle außer mir, und in dem es süßlich roch.

Immer hatte einer von ihnen die Schuhe ausgezogen und die heißen Füße auf die Tischplatte gelegt. Einer besaß einen ganzen Schrank voller Kästen, in denen er von Hand zugeschnittene Zettel in Postkartengröße aufbewahrte, es müssen zehntausende gewesen sein, mit abgekürzten Aufzeichnungen zu den Sprachen der Eskimos.

Professor Losten betrat dieses Zimmer nie. Auch in mein Büro kam er nicht, obwohl er mich vielleicht vermißt hätte, wenn ich nicht dort zu finden gewesen wäre. Er hatte mir außen ein kleines Namensschild anbringen lassen, es war kein vorgefertigtes Täfelchen mit Plastikbuchstaben wie sonst im Hause üblich, sondern ein längliches, schwarz bedrucktes Emailleschild, das aussah, als sei ich auf Jahrzehnte in diesem Büro zu Hause. Sonst schenkte er mir natürlich nie etwas, er fragte auch nicht, woran ich arbeitete, aber ich wußte, daß ich ihm etwas schuldig war, und legte ihm alle drei oder vier Wochen Berichte über meine Inselforschungen auf den Schreibtisch.

Ich schrieb über die Festrituale auf den Tanimbar-Inseln, wo die Männer zur Sommersonnenwende denjenigen Hahn töteten, der am lautesten krähte, und die Türen ihrer Hütten mit Hahnenblut bestrichen. Ich schrieb über die Tapirjäger auf den Kleinen Sunda-Inseln, die immer leer ausgingen, denn die Tapire waren dort schon lange ausgestorben. Ich schrieb über die Gamelan-Orchester auf Java und verglich die indonesischen Skalen mit dem Tonumfang der Sackpfeife. Damit erregte ich endgültig Professor Lostens heftigen Zorn. Seine Notizen am Ende des Aufsatzes waren in roter Tinte und doppelt unterstrichen: Dies ist keine Wissenschaft! Zeitverschwendung. Ich rate Ihnen dringend, zur Dialektologie zurückzukehren.

Im Sommer heizten die Räume auf, bis die Tischplatten glühten und die Fensterrahmen vor Hitze knackten. Auf den Gängen schmatzten meine Füße in den Sandalen. Ich versuchte, so zu sitzen, daß sich meine Oberschenkel nicht berührten. Zanka segelte, und die Mitarbeiter gingen zum Baggersee und ließen sich von der Sonne rote Hälse brennen. Auf den Inseln wurde es nie wärmer als achtzehn Grad.

Meine Eltern lagen auf gefederten Liegen im Garten und schreckten hoch, wenn sie mich am Tor hörten. Seit sie mich in meinem neuen engen Rock gesehen hatte, hatte meine Mutter aufgehört, sich um mich Sorgen zu machen, sie nickte mir ab und zu unauffällig zu und stellte mir einen Lippenstift, den sie selbst nie benutzt hatte, auf das Waschbecken, und ein Fön fand sich plötzlich zwischen den Wärmflaschen, und die Waage, die es schon länger gab, bekam einen neuen Plüschbezug. Meine Mutter brauchte keines dieser Dinge, sie kämmte sich streng die Haare, ließ sich kaltes Wasser über die Handgelenke laufen und trat nach fünf Minuten rotwangig aus dem Bad. Weil ich immer genug Schlaf habe, sagte sie, und es stimmte, sie blieb dem Schlaf treu. Meine Nächte muß sie, die um neun auf ihrem Gewürzkissen ruhte, während mein leidenschaftlicher Vater Platten hörte und die Balkontüren aufmachte, um die Nacht hereinzulassen, sich großartig vorgestellt haben, rauschhaft und funkelnd.

Wir haben nie darüber gesprochen, sonst hätte ich ihr sagen können, daß es nicht viel zu funkeln gab. Ich hätte ihr ein bißchen von Zanka erzählen können. Zanka funkelte nicht. Natürlich tranken wir und tanzten und liebten uns, und ich war froh, wenn ich mir vorstellte, Klaus-Peter könnte mich sehen, und irgendwann hörte ich sogar auf, für Zanka den Bauch einzuziehen, wenn ich nackt auf dem Bett lag. Weil er reich war, hatte er eine Zugehfrau, die ihm alle zwei Tage die Betten frisch bezog, und die Laken waren immer makellos kühl. Aber oft, und das konnte meine Mutter nicht ahnen, dachte ich an die Inseln, während Zanka sich neben mir in seinen faltenfreien Laken ausstreckte.

Ich dachte nicht an die Plosive der vorderen Inseln und nicht an die Geschichte der Wortstellung im Fragesatz, sondern an den gelben Nebel über dem Meer, an die schleimige Tangschicht auf den Felsen, ich dachte an die murmelnden Männer und an das Kind mit den geraden Augenbrauen. Im Grunde, dachte ich, habe ich, seit ich damals das Büchlein gefunden habe, nicht sehr viel dazugelernt. Zanka schrie über mir und krümmte sich, und ich schrie auch ein bißchen, weil es Zanka dann besser gefiel, und rechnete im Kopf durch, wie alt das Kind jetzt sein müßte, über neunzig wohl, niemals würde ich es wiedererkennen, selbst wenn ich es finden könnte.

Nessel funkelte noch viel weniger, und meine Mutter wußte gar nichts von ihm, was hätte ich denn auch erzählen sollen. Sie war beruhigt, und das war die Hauptsache, sicher erzählte sie auch meinem Vater einiges, das Kind hat seinen Spaß, das ist wichtig in dem Alter, nicht nur die alten Bücher, da gibt es diesen Lebemann, der zeigt ihr was, und sie sieht doch auch viel besser aus.

Das stimmte, ich sah wirklich besser aus, viel besser, und ich hatte mir sogar manche meiner Angewohnheiten austreiben können, das Blinzeln und Schnauben, aber beruhigt war ich nicht. Die Sache mit Nessel war unglücklich, ich hätte darauf verzichten sollen, hätte nein sagen sollen, als er mich nach der Vorlesung abpaßte und mich auf den alten Friedhof führte, wo er zielsicher auf eine Bank zwischen moosigen Engeln und fleckigen Tempelchen zusteuerte, mich neben sich zog und eine Flasche billigen Landwein aus seiner Hanftasche holte. Ich starrte auf die erhobenen prallen Arme und die aufgeblasenen Bäckchen der Engel und sah auf der nächsten, von einem bräunlichen Gebüsch verdeckten Bank zwei Schüler, die sich gerade die T-Shirts über die Köpfe zogen. Was soll das, Nessel, sagte ich. Ich kannte ihn kaum, hatte ihn einige Male bei Klausuren abschreiben lassen und einmal mit Nessel und Lerke in einem Weinkeller gesessen. Nessel hatte schon die Flasche an den Lippen, sehr schönen Lippen übrigens, runden feuchten Lippen, und gerade Augenbrauen hatte er auch, das war mir schon länger aufgefallen.

Das ist doch toll hier, rief Nessel, und er war gekränkt, daß es mir nicht zu gefallen schien, als ob ich nur darauf gewartet hätte, mit Nessel im Unkraut zu sitzen und am hellichten Nachmittag billigen Landwein zu kippen. Eine Weile ließ ich ihn meinen Hals küssen und meinen Bauch streicheln, aber dann setzte ich mich auf und sagte, Nessel, was ist denn mit Lerke, wir sollten aufhören. Auf dem Friedhof darf man alles, murmelte Nessel, die weiß doch gar nichts, ja eben, rief ich. Du bist zu gewissenhaft, murmelte Nessel, Lerke mag Orgien, sie hätte nichts dagegen. Aber das ist doch keine Orgie hier, sagte ich, komm, wir gehen, ich muß noch arbeiten, und ich stand auf. Er wischte sich über den Mund und schraubte den Verschluß auf die Weinflasche, du bist zu gewissenhaft, sagte er noch einmal, diesmal empört, das tötet die Leidenschaft, man muß das Leben ein bißchen feiern. Die Engel zeigten mit steifen Fingern in die Baumkronen. Mit Lerke komme ich auch immer hierher, sagte Nessel trotzig.

Weil ich Nessel mochte und er nicht lockerließ, und weil er in den nächsten Semestern ein Stipendium bekam und teuren Wein kaufen konnte, der mich beschwingte, wenn ich mich danach an meine Aufzeichnungen setzte, und weil Lerke mich trotzdem weiter einlud und überbackene Tomaten aus dem Ofen holte, und weil ich auf keinen Fall zu gewissenhaft sein wollte, ließ ich Nessel später manchmal weitermachen, im Bushäuschen hinter dem Archiv oder im Fahrradkeller des Instituts oder neben dem Feuerlöscher im Hausflur, bevor wir zu Lerke hochgingen. Aber wenn er die Augen schloß und aufgeregt schnaufte, roch sein Haar nach Mensa, und schon war ich mit den Gedanken ganz woanders. Bei Lerke am Tisch war er eifrig und gesprächig, und die Lippen leuchteten in seinem Gesicht wie Wülste aus Tomatenmark. Mir war unwohl, ich fühlte mich feucht und zerknittert, auch schuldig, denn viel Erfahrung hatte ich schließlich nicht, abgebrüht war ich auch damals nicht.

Lerke war so praktisch, sie zog die Ärmel ihres Wollpullis über die Hände und nahm den Auflauf aus dem Ofen. Sie teilte alles in gerechte Stücke, sogar den Käse, der über dem Gemüse zerlaufen war und kochende Blasen trieb, und sie redete über das Institut und die Fahrradtour, zu der sie Nessel gezwungen hatte, der eigentlich gar nicht aus dem Haus wollte, und über Professor Losten.

Ich glaube, sie mochte mich wirklich, sie fragte mich jedesmal nach den Inseln, weil sie wußte, daß ich sonst nicht sehr viel sprach, und sie merkte sich sogar meine Antworten. Sie hatte kurze, borstig nach oben gefönte Haare, durch die Nessel ständig und gedankenverloren seine Hand gleiten ließ, auch wenn er sich gerade vorher im Fahrradkeller so heftig an mich gepreßt hatte, daß ich zurückgetaumelt und mit dem Kopf gegen das verschmierte Werkzeugregal gestoßen war. Was hast du denn da, sagte Lerke und zeigte auf das Fahrradöl in meinem Haar, komm, ich mach es dir raus, und sie kam mit einem seifigen Lappen, während Nessel laut redete und aus dem Fenster schaute. Es war unangenehm, vor allem, weil Lerke die einzige war, die mich wirklich auf den Inseln besuchen wollte. Du weißt doch, wie es da ist, sagte Nessel, der immer überall schon gewesen sein wollte, pechschwarzer Tee zum Frühstück, frische Milch gibt es nicht, der Zucker ist klumpig von der Luftfeuchtigkeit, und im einzigen Kino werden die Babys gemacht. Warst du denn schon dort, fragte Lerke, du warst doch noch nie da. Sie nickte mir zu, ich besuch dich dann. Sofort wollte Nessel mich auch besuchen. Ich ließ sie eine Weile streiten, dann sagte ich leise, ich bin ja noch gar nicht dort.

VIER

Ich wusste mich vor Freuden fast nicht zu lassen, als ich diesen vor meine Person so glücklichen Ort nur von ferne erblickte, ohngeacht ich nichts wahrnehmen konnte, als einen ungeheurn aufgethürmten Stein-Klumpen, welcher auch, je näher wir demselben kamen, desto fürchterlicher erschien …

Johann Gottfried Schnabel,
Die Insel Felsenburg oder Wunderliche Fata einiger Seefahrer

Allmählich gerieten die Dinge außer Kontrolle. Ich lernte nicht mehr genug über die Inseln. Meine Eltern warteten höflich schweigend im Hintergrund. Sie richteten sich in den Sesseln auf, wenn ich hereinkam, stellten mir morgens geschäumte Milch neben die Kaffeetasse und abends eingelegte Zucchini neben die Tageszeitung, und meine Mutter musterte mich zufrieden, wenn ich im engen Rock die Treppe herunterkam, aber im Grunde warteten sie doch, vor allem mein Vater, auf etwas Großes und Bedeutendes.

Ich wartete auch darauf, und Professor Losten war keine Hilfe. Er war immer seltener da. Die Mitarbeiter breiteten sich aus, manchmal drangen sie sogar mit einem Zweitschlüssel in sein Zimmer ein und legten ihm die Post auf den Tisch, bevor ich dazu kam. Er verlor mich aus dem Blick. Nicht daß er andere bevorzugt hätte, er schien viel eher niemanden mehr zu brauchen. Manchmal vergaß er, mir Bücher auf den Abstelltisch zu legen. Auf dem Fensterbrett in seinem

Büro lagen getrocknete Fliegen auf dem Rücken. Wenn ich ihm den Tee brachte, drehte er sich oft erschrocken zu mir um, als hätte er mit niemandem gerechnet, und fühlte sich ertappt, und ich sah, daß er kein Buch in den Händen hielt, sondern mit einem spitzen Bleistift Löcher in die Schreibtischablage gebohrt hatte.

Ich wollte einige meiner Prüfungen bei ihm ablegen, aber er schickte mich zu einem Mitarbeiter, dem mit den tausend Zettelkästen. Der Mitarbeiter hatte noch nie eine Prüfung abgenommen und kannte Eskimosprachen. Also ließ ich mich über Eskimosprachen prüfen. Der Mitarbeiter drückte mir weich die Hand und bot mir einen Drehstuhl an, als hätte er mich noch nie vorher gesehen, dabei wußte ich, daß er manchmal mit den anderen hinten in Zankas Lieblingscafé stand und mich beobachtete. Er hielt seinen Kopf gesenkt und stellte die Fragen undeutlich, mit einer leisen, schwankenden Stimme, als hätte er etwas im Hals und traute sich nicht, sich zu räuspern. Während ich über Eskimosprachen redete und wußte, daß er mir eine gute Note geben würde, sah ich, wie er in seinen Sandalen die Zehen krümmte. Hinterher stand ich vor dem Büroschild mit meinem Namen, wischte, als niemand herübersah, rasch mit dem Ärmel darüber und überlegte, wie lange ich noch bleiben sollte.

Es schien ständig Hochsommer zu sein. Den Herbst gab es nicht, in den kurzen feuchten Wintern schrieb ich Arbeiten, stritt mich mit Nessel, fuhr mit Zanka nachts ins flutlichthelle Eisstadion und wartete, jeden Tag unruhiger, hinter der Bürotür auf Professor Lostens Schritte, um das Teewasser aufzugießen. Der Frühling kippte gleich wieder in den nächsten Sommer, und auf der Sauerkirschmarmelade, die meine Mutter auf den Frühstückstisch stellte, sammelten sich Wolken kleiner klebriger Fliegen.

Es war Zeit, auf die Inseln zu fahren. Die anderen waren dagegen. Mach doch erst alle deine Prüfungen, sagte mein Vater, den ich gar nicht gefragt hatte. Er hatte mich am Telefon gehört, als ich versuchte, einen Platz auf der Fähre zu belegen, aber die Fähre fuhr nur bis zur Insel Zwanzig, und ich wollte auf die Vierunddreißig. Also probierte ich die Reederei, die Fischfabriken, die Lachsfarm, den Verband der Küstenfischer, den Verband der Austernfischer, den Ruderclub, die Langstreckenschwimmer, den Tangverwerter und die Segelvereine. Niemand fuhr weiter als bis zur Zwanzig.

Wer bezahlt hier eigentlich die Telefonrechnung, fragte meine Mutter, die nie etwas sagte, wenn ich mit Zanka telefonierte. Was selten vorkam. Laß sie doch, sagte mein Vater, der sich im Wohnzimmer an den Bücherregalen herumtrieb, von wo er den Telefontisch gut im Blick hatte, es geht ja wohl um große Dinge, und er sah fragend zu mir herüber. Ich muß vor Ort Forschungen machen, sagte ich beiläufig und wählte gleich weiter, das Fremdenverkehrsbüro der Küstenregion, den Verband der Hotelbesitzer, Pensionen Meeresblick, Strandblick, Möwe, Zum Walfisch,

Zur Auster, Seestern, Meerjungfrau, Abendrot, Petri Heil, Robbenglück. Pension Robbenglück klang gut, eine glucksige, etwas heisere Stimme, die einer drolligen alten Dame ebenso gehören konnte wie einer Robbe und mir frische Fischsuppe versprach und abends Schlammbäder, aber leider war sie auf Insel Zweiundzwanzig, und über Vierunddreißig wußte sie nichts zu sagen, Robben jedenfalls gebe es da nicht. Mein Vater stand nun dicht hinter mir und war aufgeregt, vor Ort, vor Ort, vor welchem Ort, willst du jetzt auf die Inseln, bei dieser Jahreszeit, da geht es sicher wüst zu, und was ist mit den Prüfungen. Es läßt sich nicht vermeiden, sagte ich und wußte, daß er sich damit begnügen würde.

Nessel und Zanka fielen aus allen Wolken. Ich hatte so oft darüber geredet, doch daß ich nun wirklich aufbrechen wollte, schien ihnen überflüssig. Ich komm dich besuchen, sagte Lerke immer wieder, bis Nessel vor Wut tobte und schrie, fahr doch hin, dann könnt ihr zusammen da versauern.

Noch erstaunlicher war Professor Lostens Wutausbruch. Ich legte ihm einen mühsam auf fünf Seiten Länge gedehnten Bericht auf den Ablagetisch, der Feldstudien als nächste Phase meiner Inselforschungen vorsah und meine Reisepläne darlegte, und erwartete, wie sonst auch, Ermahnungen und erschrockene Blicke beim Tee. Statt dessen stand Professor Losten zwei Tage später in meiner Tür. Das war noch nie vorgekommen. Er stützte sich mit einer Hand gegen den Türrahmen und sah geschwächt aus.

Um so verwirrter war ich, als er, der seine feine hohe Stimme niemals erhob, tief Luft holte und schrie, was soll dieser Unsinn. In der Sekunde nach dem Schrei hörte ich aus dem Zimmer der Mitarbeiter erschrockenes Rumpeln und das Quietschen von Drehstühlen. Jemand fluchte leise. Schnell schob ich mich hinter Professor Losten, schloß die Tür hinter ihm und rollte ihm einen Stuhl unter die Beine. Er atmete rasch. Ich dachte, sagte ich hilflos, jemand sollte hinfahren, neues Material sammeln, Sie wissen doch, ich will ein Buch schreiben, es gibt sonst fast gar nichts, und ich würde alles selbst bezahlen, natürlich. Professor Losten rieb sich den Nacken und schien sich zu beruhigen. Eine Weile schwieg er, ich lauschte dem trockenen Reiben, bis er mich endlich von der Seite ansah und harsch sagte, da muß man nicht hin, nicht in Ihrem Alter. Ich hatte keine Ahnung, daß Professor Losten wußte, wie alt ich war. Was wollen Sie denn da, sagte er und beugte sich vor, Sie machen sonst immer so gute Arbeit, und dann stand er auf und hielt den Rücken sehr gerade, vielleicht hatte er einen Hexenschuß, und ging mit ruckenden Schritten aus dem Zimmer. Die Tür ließ er offen. Der Dunst der Mitarbeiter trieb herein und legte sich über Professor Lostens eigenartigen Geruch, und ich hörte, wie einer von ihnen leise sagte, der wird auch immer älter.

Ich mußte also ohne Professor Lostens Erlaubnis, sogar gegen seinen Willen fahren. Er würde das Schild mit meinem Namen von der Wand schrauben lassen und jemand anderen in mein Büro setzen. Ich würde ihm nie wieder beim Lesen zuschauen können. Jemand anders würde ihm den Tee reichen, oder man würde es vergessen, und er würde noch mehr verwahrlosen.

Ich packte meine Notizen zusammen, schlang ein Gummiband um meine Papiere und fand für die Aktenordner alte Obstkisten. Das Plakat von Zankas Lieblingscafé löste ich vorsichtig von der Tür und rollte es ein. Was ist denn los, fragte ein Mitarbeiter, und ein anderer, der mit den Zettelkästen, war sehr höflich und bot mir Hilfe mit den Kisten an. Ich wollte mal richtig aufräumen, sagte ich, ich wollte ihnen nicht sagen, daß ich länger weg sein, und erst recht nicht, daß ich vielleicht nicht wieder auftauchen würde, sie würden sofort mein Zimmer in Beschlag nehmen, ihre riesigen Computer hinübertragen und ihre Drehstühle. Das Büro war mir eigentlich egal, aber immerhin stand noch mein Name an der Tür, im Regal war mein Teegeschirr, und an der eierschalenfarbenen Wand hing die Urkunde meiner ersten Prüfung mit Auszeichnung. Ich war sehr gut gewesen, keine Frage.

FÜNF

Das Wissen um die Tageszeit hängt
hier auf der Insel merkwürdigerweise
von der Richtung des Windes ab.

John M. Synge, *Die Aran-Inseln*

Ich mußte schließlich bei Nacht und Nebel aufbrechen. Wenn ich gewartet hätte, bis alle mir ihren Segen erteilt und verstanden hätten, was ich dort wollte, säße ich jetzt noch in meinem Büro und läse brüchige Zeitschriften. Noch weiß ich nicht, wie ich meine Forschungen betreiben soll, denn mein Laptop hat auf der Reise Schaden genommen und bricht unvermittelt in minutenlange Warnsignale aus, und das Druckerpapier liegt als unbrauchbarer klammer Batzen auf meinem Nachttisch.

Den Nachttisch habe ich erst seit gestern. Tesen brachte ihn mir, eine Art Untersatz aus hartgepreßtem Schaumstoff, und ich wußte erst nicht, wozu er gut sein sollte, ich hatte nach einem Tisch gefragt. Tesen rumpelte mit dem Ellbogen an meine Tür, und bevor ich ihn hereingerufen hatte, stieß er sie auf, wuchtete den Untersatz neben mein Bett und schob ihn mit dem Fuß neben das Kopfende. Tesen trug Schuhe, die vorne mit Stahlkappen verstärkt waren. So, sagte er, ohne mich anzusehen, bevor er die Sperrholztür wieder ins Schloß zog.

Nach einem Zimmerschlüssel habe ich auch schon gefragt, aber Tesens Frau, eine kantige kleine Person mit trockenen Lippen, sagte, auf der Insel gebe es nichts zu verbergen, hier kenne jeder jeden. Sie sagte es mit sprödem Stolz, und es klang zu gut, um wahr zu sein. Abends hörte ich, wie jemand die Außentür mit einem schweren Schlüsselbund mehrere Male verschloß.

Gestern abend habe ich meinen Koffer ausgeräumt und alles auf dem Schaumstoffuntersatz, dessen eine Ecke sich schon in feine, elektrisch geladene Plastikkügelchen auflöst, und dem Regalbord über dem Bett verteilt. Eigentlich will ich nicht lange hier bleiben, aber Tesens techa ist das einzige Gästehaus auf Achtundzwanzig. techa ist ein Wort aus den alten Inselsprachen und bedeutet Häuslein. Ich hatte eine Fischerkate erwartet, vielleicht weiß geschlemmt, oder wenigstens eines der langgestreckten Steinhäuser, die im Regen glänzen wie Fischrücken, an der Küste gibt es sie noch, meistens mit Satellitenschüsseln gespickt.

Deswegen lief ich, den Blick angestrengt nach vorne gerichtet, geradewegs an techa vorbei, obwohl Tesen eine grelle Fahne direkt neben den Eingang gepflanzt hat. Tesen muß in der Tür gelehnt und mir nachgeschaut haben, jedenfalls sah ich ihn, als ich auf der Anhöhe über dem Hafen angelangt war, die Hände wund und kraftlos vom Koffer, einen rostigen Geschmack im Mund, neben der Fahne stehen und mir zuwinken. Also drehte ich um, die Schrift auf der Fahne erkannte ich nun, auch wenn der Bungalow mit seinen Eternitplatten und dem moosigen Fertigdach aussah wie eine Lagerhalle. Ich versuchte, den Koffer wieder den Hügel hinunterzuziehen, aber die Rollen sperrten auf dem rissigen Asphalt, und der Koffer sprang wild schwankend über die Steine, ich mußte mich dagegenstemmen und war zittrig, als ich bei Tesen ankam, der die Arme verschränkt hatte und keine Anstalten machte, mich zu begrüßen oder mir den Koffer abzunehmen.

Sie meinten doch mich, fragte ich und drückte das Kreuz durch. Herzlich willkommen, rief da von drinnen Tesens Frau, sie war für das Sprechen zuständig, wir erwarten Sie schon, möge der Inselwind Sie kosen, und sie steckte ihr kantiges Gesicht aus einem Fenster, das mit seinen kaputten, halb heruntergelassenen Rolladen aussah wie das Auge eines Gelähmten. Möge der Inselwind Sie kosen, das gefiel mir, ich wiederholte es leise und übersetzte es in Gedanken in die alte Inselsprache, so gut ich konnte. Tesen schwieg und scharrte mit seinen Stahlkappen im Kies. Ich drehte mich zum Hafen um und sah, daß der Müllfrachter, der mich mitgenommen hatte, gerade wieder ablegte und zurück ins offene Meer steuerte.

Warum willst du fahren, hatte Lerke gefragt, als Nessel mehr Wein aus dem Keller holte. Wir redeten fast nie unter vier Augen, meistens war Nessel dabei und sorgte dafür, daß das Gespräch nicht abriß. Vielleicht hatte er Angst, ich würde ihn sonst verraten. Warum willst du wirklich fahren, fragte Lerke und sah mir ins Gesicht. Plötzlich wurde ich verlegen. Ich dachte nach. Ich weiß es nicht, sagte ich dann. Lerke schwieg. Ich schwieg auch. Sie schaute aus dem Fenster, hinter dem es Nacht geworden war. Drei Stockwerke tiefer hörten wir Nessel im Keller mit Flaschen hantieren. Ich will nicht, daß mich jemand besucht, sagte ich. Lerke stand auf und räumte alte Zeitungen vom Tisch. Als wir Nessel schon auf der Treppe hörten, sagte sie ganz beiläufig, ich werde nicht kommen, und ich war erleichtert, als hätte sie eine Prüfung bestanden. Oder ich.

Wenn ich Tesens Frau reden höre, klingt es so, als ob auf Achtundzwanzig niemand jemals klauen, stehlen, streiten, schimpfen, lügen oder betrügen würde. Man kennt sich hier, sagt sie mit einem kleinen Vorwurf in ihrer Stimme, oder, wir haben wirklich Besseres zu tun, oder, der Kluge meidet den Schaden, eine der zahlreichen Redensarten der Insel, die sie mir gegenüber gern im Munde führt. Da sie mit Tesen nicht spricht, weiß ich nicht, ob sie immer so redet oder nur mir zuliebe. Ich habe gestern ein Büchlein angelegt, in dem ich die Redensarten der Achtundzwanziger festhalten will, für Professor Losten vor allem, denn ich habe anderes auf dem Herzen.

Zum Beispiel heftiges Heimweh. Es machte sich überraschend bemerkbar, noch bevor ich von einem barschen Müllschiffer auf den Frachter gehievt wurde, sogar bevor mir überhaupt klar war, wie ich auf die Inseln kommen sollte.

Ich war an die Küste gereist, ohne zu wissen, ob mich jemand mitnehmen würde. Ich hatte nicht lockergelassen und tagelang telefoniert, zuletzt auch vom Büro und von Zanka aus, aber es gab keine Plätze, man konnte nichts buchen, die Kreuzfahrten umrundeten die mittleren Inseln in einem riesigen Bogen, ohne jemals anzulegen, und Motorboote gab es nicht zu mieten. Also packte ich meine Sachen, feste Hosen, feste Schuhe, die Windjacke, bittere Schokolade, meinen Fotoapparat, eine Flasche teuren Wein von Nessel.

Zanka hatte mir nichts geschenkt, er war noch nicht einmal an meinem letzten Abend aufgetaucht, ich hatte ihn zum ersten und einzigen Mal zu mir eingeladen, das Bett frisch bezogen, obwohl er unmöglich über Nacht bleiben könnte, nicht weil meine Eltern es verboten hätten, sondern weil ich meinen Eltern die Schreie nicht zumuten wollte, und weil ich ihn nicht am nächsten Morgen am Frühstückstisch sehen wollte, auf dem geflochtenen Holzstuhl, der für Gäste bereitstand. Jedenfalls hatte ich Cocktails vorbereitet, die mußte ich dann mit meinen Eltern trinken, die mißtrauisch die Gläser hin und her drehten und prüfend mit den Lippen schmatzten, aber doch mit mir anstießen, mein Vater zerfurcht und insgeheim stolz, meine Mutter gefaßt, sogar still vergnügt, ich weiß nicht, warum.

Leere Notizblöcke packte ich auch ein, ein Fieberthermometer, einen Reisewecker, Pflaster gegen

Blasen, Spray gegen Mücken, Aspirin, einen schwarzen Pullover von Zanka und den Laptop, den ich besser zu Hause gelassen hätte. Ich verließ das Haus früh, mit einem müden Schauer auf der Haut, um mir den langwierigen Abschied von meinen Eltern zu ersparen. Mein Vater hätte mich sicher zur Küste gefahren, aber das hätte mich zu sehr an unsere Ferien von damals erinnert, und Wiederholungen wollte ich vermeiden, ich wollte die vertrockneten Möwenstücke auf der Straße nicht wieder sehen müssen und nicht die salzverkrusteten Straßenlaternen, nicht die orangenen Bettücher auf den Wäscheleinen und die Sonderangebote hinter den fettigen Fenstern der kleinen Supermärkte. Ich wollte ganz woanders hin.

Meine Eltern waren kaum wach, sie drückten mich an ihre Morgenmäntel und winkten mit zerzaustem Haar aus dem Küchenfenster. Schon im ersten Bus begann das Heimweh, ein leises Wühlen im Brustraum und in der Magengegend. Ich hätte nicht gedacht, daß ich etwas zu vermissen habe. Und bis jetzt hat es nicht aufgehört. Mal ist es drängender, dann wieder ebbt es ab, aber es verschwindet nie, ohne daß ich genau wüßte, wer oder was mir fehlt. Ich stelle mir Professor Losten beim Lesen vor, trocken und unnachgiebig. Nessel zwischen Lerke und mir am Küchentisch, einen Fuß gegen meine Zehen gedrückt, eine Hand in Lerkes Haaren. Meinen Vater, wie er am Bücherregal lehnt und mit den Händen fuchtelt. Mich in der Mensa, Ellbogen an Ellbogen mit Schüben von Essern, jeder über sein weißes Tablett gebeugt, in dessen eckigen Mulden Fleischbällchen und Paprika schwappen, über uns ein gewaltiges Summen aus tausend kauenden Kehlen. Ich weiß nicht, was es ist. Zanka kann es nicht sein, der hat mir noch nie gefehlt, und es ist auch nicht schlimm, daß er sich nicht von mir verabschiedet hat, es wäre gegen seine Natur gewesen.

Im Bus schloß ich die Augen. Bei jeder Unebenheit schlug mein Kopf leicht gegen die Fensterscheibe. Um mich herum redeten Frauen in glitzernden Blusen über den Schlußverkauf in der großen Stadt. Jede hatte zwei Sitze belegt, einen für sich, einen für ihre Einkaufstüten. Der zweite Bus, in den ich in einem Straßendorf vor der Küste umsteigen mußte, das bekannt für seine Windhundzucht ist, blieb fast leer, bis auf einen alten Mann, der sich direkt hinter mich setzte und Clementinen aß. Die Windhunde waren von der Straße aus nicht zu sehen.

Als ich am Frachthafen ausstieg und den Kopf in den säuerlichen Wind hielt, mein Koffer zwischen den Füßen, versuchte ich mich zu beruhigen. Schließlich war ich gut vorbereitet. Schon seit Jahren bin ich gut vorbereitet. Ich stand zwischen aufgerollten Tauen, sah an der Hafenmauer entlang, an der pelziger Tang hochwuchs. Frachter und Fischerboote lagen im brackigen Wasser. Der Bus hatte schon wieder gewendet und den alten Mann in den Lärm der Mittagssirenen entlassen. Er schien zu wissen, wohin er wollte, schwenkte in der einen Hand das Netz mit den Clementinen, die von weitem golden schimmerten, und ging mit eiligen Schrittchen an den Schiffen entlang, bis ich ihn nicht mehr sehen konnte.

Ich setzte mich auf den Koffer und wartete, bis das Jaulen der Sirenen verklänge und mir etwas einfiele. Der Wind drang durch meinen Pullover. Vielleicht sollte ich die Regenjacke auspacken, aber es schien mir plötzlich unendlich mühsam aufzustehen, mich zu bücken, den Reißverschluß der Tasche zu öffnen und die Regenjacke herauszuziehen, es ging über meine Kräfte, und ich verengte die Augen zu Schlitzen und wartete.

Ich wartete, und der Wind brachte die ersten beißenden Tropfen, meine Kniegelenke begannen zu schmerzen, Männer schrien auf einem Boot, eine Säge fraß sich durch Metall, ein Motor stotterte und erstarb, Brandgeruch fädelte sich durch die Luft. Schließlich schüttelte ich den Kopf, stand auf und ging zum erstbesten Schiff. Da war niemand. Entschuldigung, schrie ich so laut, daß sich auf dem Boot nebenan eine Kajütentür öffnete, was gibt's. Ich will zu den hinteren Inseln, schrie ich und hörte auch nicht auf zu schreien, als ein Mann an die Reling trat, die riesigen Hände in ledernen Handschuhen auf die Hüfte gestemmt, es ist sehr dringend, können Sie mich dahin fahren. Moment mal, sagte der Mann belustigt, immer mit der Ruhe, Kleine. Ich war außer Atem. Nimm die Fähre, sagte der Mann, und schon mußte ich wieder schreien, aber die geht nur bis Insel Zwanzig, und ich muß zur Vierunddreißig. Was willst du denn da, sagte der Mann und rieb sich mit dem

Handschuh genüßlich den Hinterkopf, da will doch kein Mensch hin. Er wandte sich ab. Warten Sie, rief ich und zog aus der Hosentasche einen Geldschein, mit dem ich dem Mann verführerisch winken wollte, aber der Wind griff nach dem kleinen Papier, ließ es ein paar Meter durch die Luft trudeln und trieb es dann in feinen Spiralbewegungen ins Hafenbecken, wo es sich zwischen Blechdosen und Tangfetzen verfing. Der Mann und ich starrten auf das Wasser. Also, sagte der Mann schließlich, da hinten irgendwo der Müllfrachter, der fährt jeden dritten Tag nachmittags zur Achtundzwanzig, manchmal auch zur Dreiunddreißig, vielleicht hast du Glück, und er nickte mir zu und ging zurück in die Kajüte. Ich lief am Quai entlang, der Koffer schlug gegen meine Waden, und suchte nach dem Müllfrachter.

SECHS

Und wahrhaftig, es gab nichts Interssantes;
durch das Fenster sah man Beete mit Kohlpflänzchen,
daneben häßliche Gräben, und in der Ferne
schimmerte eine dürre Lärche, die am Vertrocknen war.

Anton Tschechow, *Die Insel Sachalin*

Seit vorgestern bin ich auf Achtundzwanzig. Die erste Nacht in techa war schlaflos. Ich hatte meinen Schlafanzug vergessen und spürte die klammen Tücher auf der nackten Haut. Mein Haar roch nach dem Rauch, der aus dem blechernen Schlot des Müllfrachters gequollen war, und meine Augen brannten vor Übermüdung. Ein paar Zimmer weiter ging jemand ruhelos hin und her und stieß dabei ab und zu an einen Gegenstand, es muß Tesen gewesen sein oder Tesens Frau, denn ich bin ja der einzige Gast. Als die Schritte endlich aufhörten, setzte ein feiner Piepston auf hoher Frequenz ein, es klang wie ein kaputter Kühlschrank oder eine Hundepfeife, aber ich war auf meinem kurzen Weg vom Hafen zu Tesen keinem Hund begegnet, eigentlich hatte ich überhaupt keine Tiere gesehen, nicht einmal Vögel.

Am nächsten Morgen hatte immerhin der Ton aufgehört. Tesens Frau servierte mir Hagebuttengelee, länglichen Zwieback und in Dillessig eingelegte blasse Gurkenscheiben, die sie mir als Spezialität der Insel anpries. Bauen Sie Gurken an, fragte ich. Bei uns wächst nichts, sagte sie und lachte, als hätte sie einen

Witz gemacht, nur bei den reichen Alten, das ist alles eine Frage des Geldes. Welche reichen Alten, fragte ich, aber sie fing sofort an, von den menschenleeren Stränden zu schwärmen und von der wunderbaren Ruhe und der Luft, die schon so manchem Gast den Appetit wiedergeschenkt hätte, und vorwurfsvoll schaute sie auf meinen Teller. Tesen rumpelte im Hintergrund und steckte nur einmal wortlos den Kopf zur Tür herein, auf dem er eine Art enganliegenden gehäkelten Helm trug.

Wann kommen denn die Gäste, fragte ich, um von dem wäßrigen Gurkenhaufen auf meinem Teller abzulenken, ich meine, es ist doch sicher sonst mehr los hier. Zwei hatten wir schon im Frühjahr, sagte Tesens Frau stolz, im Sommer war es natürlich sehr ruhig, das mit den Stechmücken hat sich herumgesprochen, aber Sie haben sich die schönste, die allerschönste Jahreszeit ausgesucht, wenn die Delphine springen, und sie murmelte etwas in der Inselsprache und räumte meinen kaum berührten Teller ab.

Gibt es hier Delphine, fragte ich Tesen, der in der Haustür lehnte, als ich mich für meinen ersten Gang über die Insel rüstete, aber Tesen verzog keine Miene und schaute stumm an mir vorbei. Natürlich wußte ich die Antwort, es gibt nicht einmal Robben hier draußen, und sicher wußte Tesen, daß ich die Antwort wußte. Als ich den Hügel hinunterging und mich noch einmal nach ihm umdrehte, sah ich Tesens Frau neben ihm aufgeregt reden, während er verstockt an seinem Wollhelm nestelte. Vielleicht hört er schlecht, dachte ich und versuchte dann, mein Herz zu öffnen für die Insel Achtundzwanzig. Ich wollte einen Schlafanzug kaufen und mir den Ort ansehen.

Der Weg verdichtete sich zu einer faltigen Asphaltstraße, und ich ging an den ersten verstreuten Häusern vorbei, die alle aussahen wie techa, lang, flach, mit Satellitenschüsseln auf dem Dach, Teerflecken an den schlampig verputzten Mauern und halb heruntergelassenen Rolläden. Manche hatten umzäunte Vorgärten, in denen kniehohes Gras und struppige Palmen wuchsen. Es gab viele taubengrau gestrichene Briefkästen, die auf unerklärliche Weise an der Straße entlang verteilt waren, manche miteinander verzurrt und mit schweren Ketten an Strommasten oder Gartenzäunen vertäut, dann wieder eine Weile kein einziger, dann sah ich einen, dessen Schlitz mit Draht versiegelt war. Es gab weder Hunde noch Katzen, nur eine Ziege, die in einer offenen Garage an einen Stapel Autoreifen angebunden war, und hinter einer schlierigen Fensterscheibe eine Glaskugel mit einem Zierfisch. Ich blieb stehen und horchte. Alles war ganz still.

Hier muß es einmal ganz anders ausgesehen haben, dachte ich und ertappte mich dabei, wie ich die verschwommenen Hintergründe der alten Fotos aus meinem Buch ausfüllte mit schmucken, weißgeschlemmten Fischerkaten, ziegelroten Mauern, über die der Flieder quoll, glänzenden Rhododendren, unter denen Hühner scharrten, und mit Leuten natürlich, freundlichen wetterfesten Leuten, die sich über die blaugestrichenen Gartenzäune hinweg Grüße zuriefen oder vom Hafen herangestapft kamen in gelben Öljacken und ihren Kindern in den Nacken griffen, Kinder überhaupt, die mir sonst lästig sind mit ihren klebrigen Händen und ihren hohen lauten Stimmen, wo sind die hier. Gibt es hier einen Kindergarten, fragte ich einen Mann, der vor seinem Haus einen verschlammten Geländewagen mit einem Schlauch abspritzte und mir den Rücken zuwandte. Er hörte mich nicht, und ich mußte noch einmal fragen, beim zweiten Mal klang die Frage komisch, und meine Stimme verlor sich im Zischen des Wassers auf dem dreckigen Metall. Schnell ging ich davon, weit war es nicht bis zur Ortsmitte.

Auf einem ovalen Rasenstück stand ein Springbrunnen, mehrere, ineinander verknäulte Delphine, die ihre Schnäbel in die Luft gereckt hatten, um glitzernde Fontänen in den Himmel zu speien, aber der Wasserdruck schien zu niedrig zu sein, und aus den aufgerissenen Mäulern sickerten nur bescheidene Rinnsale. Immerhin stand neben dem Brunnen eine Bank, gespendet vom Sackpfeifenverein der Insel, darauf saß jemand und las Zeitung. Leute mit Einkaufstüten überquerten den Platz, und Radiomusik drang aus einem der Läden, vor dem sich sogar ein Postkartenständer im Wind um die eigene Achse drehte.

Ich atmete auf und setzte mich auf die Bank, darf ich mich zu Ihnen setzen, fragte ich den von der Zeitung halb verdeckten Kopf, als ich schon saß. Der

Mann ließ die Zeitung sinken, und ich sah, daß es Tesen war. Er hatte seinen Wollhelm abgenommen und eine Lesebrille aufgesetzt, und ich habe keine Ahnung, wie er mitten in den Ort geraten war, ohne mich zu überholen. Mir wurde heiß. Hier dürfen nur die vom Verein sitzen, sagte er, ich hörte ihn zum ersten Mal sprechen. Wie, fragte ich, um Zeit zu gewinnen, und er wußte, daß ich ihn genau verstanden hatte. Spielen Sie Sackpfeife, fragte er, ohne mich anzusehen. Nein, natürlich nicht, sagte ich, bei uns gibt es das nicht. Eben, sagte er und hob die Zeitung wieder vor das Gesicht. Heißt das, ich soll aufstehen, sagte ich und spürte auf einmal, wie mir Heimweh und Übermüdung in die Augen stiegen. Hier spielt jeder, sagte Tesen. Ich stand auf und sagte trotzig den alten Gruß der Insel, der Wind der Zeit für dich, laut in der Inselsprache. Wind, murmelte Tesen, ohne aufzuschauen.

Ich versuchte, mich gerade zu halten, ging zu den Läden hinüber und vertiefte mich in die Postkarten. Es gab Fischerboote, sonnenbeschienene Felsen, Möwen mit aufgesperrten Schnäbeln, einen lächelnden Briefträger, spiegelglatte Delphine, eine Frau mit aufgerollten Ärmeln, die Hände in eine Schüssel mit Brotteig gesenkt, einen Musikanten, der mit seiner Sackpfeife unter dem Arm über einen tangfreien Strand stapfte, und Robben mit glitzernden Augen. Ich suchte mir eine Karte mit einer sandigen Bucht und blühendem Heidekraut aus und ging in den Laden, der hell ausgeleuchtet und vollgestellt war mit gebrauchten Elektrogeräten. Ein Mann mit einem spärlichen Schnurrbart hantierte an einem Dampfbügeleisen herum. Der Wind der Zeit für dich, sagte ich. Tag, sagte er und rammte den Schraubenzieher zwischen die Drähte. Wo ist denn das, fragte ich und hielt ihm die Sandbucht vor das Gesicht. Weiß nicht, sagte er, wieso. Ich würde da gern hinfahren, sagte ich. Also auf Achtundzwanzig gibt es keinen weißen Sand, sagte er. Nur Steinstrand. Und auf Vierunddreißig, fragte ich. Keine Ahnung, murmelte er. Und wieso haben Sie dann diese Karten, fragte ich. Ab und zu kommt mal einer und kauft eine, sagte er. Ich ließ meinen Blick über lädierte Waschmaschinen, verkratzte Mikrowellen und altmodische Kühltruhen gleiten. Kann ich hier irgendwo ein Fahrrad mieten, fragte ich.

Auf einmal richtete er sich auf und musterte mich, Räder gibt es hier nicht, das lohnt sich nicht bei dem Wind, aber Mofas, die können Sie haben, da hab ich was da, hier hinten durch, und er winkte mich hinter der Theke durch in einen kleinen Hof, wo unter einer Plastikplane verdreckte Motorroller warteten. Ich kann so was gar nicht fahren, sagte ich, aber er war nicht aufzuhalten, rasch riß er die Plane herunter, wischte über Gepäckträger und Sitze, richtete Spiegel, so was hat jeder hier. Wie lange bleiben Sie denn. Ich zögerte, murmelte, eine Weile wohl, ich will eigentlich nach Vierunddreißig, aber er hörte gar nicht mehr zu, wischte sich über den Schnurrbart, das lohnt sich auf jeden Fall, ich würde die dicken Reifen empfehlen, damit kommen Sie überall hin.

Ich schaute mich um, als wollte ich eine Wahl treffen, und mein Blick fiel auf ein Fenster, das auf den Hof hinausging. Ein altes Gesicht war an das Glas gepreßt. Ich nickte hinüber. Die Augen weiteten sich, ein paar Sekunden hielten sie stand, dann rasselte ein Rolladen herunter. Wer wohnt da, fragte ich. Der hier hinten ist tadellos in Schuß, sagte der Mann, ich hab da selbst Hand angelegt, fährt schneller, als die Polizei erlaubt. Für vierhundert kriegen Sie den. Soviel habe ich nicht, sagte ich. Dreihundertfünfzig, sagte der Mann. Ich wollte bloß ein Fahrrad mieten, sagte ich. Der Mann hob verächtlich die Schultern. Wer wohnt da oben, fragte ich und zeigte auf das Fenster. Was wollen Sie eigentlich, sagte der Mann, plötzlich wurde er heftig, packte mich an der Schulter und drängte mich zurück in den Laden, Sie stellen ganz schön viele Fragen. Ich überlege es mir noch einmal, sagte ich, das mit dem Roller. Der Mann stützte sich mit den Fäusten auf den Ladentisch, und ich wich zurück, stieß an einen Wäschetrockner und stand wieder draußen auf dem Platz. Tesen war nicht mehr da.

Ich schaute mich um und wußte nicht, wohin. Obwohl die Bank leer und die meisten Fenster verrammelt waren, fühlte ich die Augen der Insel im Nacken. Ich mußte einen Schlafanzug kaufen. Schnell zog ich mich in einen kleinen Supermarkt zurück, der genauso aussah wie die Läden an der Küste, wo wir damals Halstabletten und Handwaschmittel gekauft hatten. Meine Hoffnung, mich unter scherzende Fischer und gesunde Hausfrauen mischen zu können, verflog, sobald die Gummiränder der Schiebetüren sich mit einem schmatzenden Geräusch ineinander geschoben hatten. Es herrschte Stille. An einer neuen, chromblitzenden Selbstbedienungstheke löffelte eine gut frisierte Dame eingelegte Tomaten in eine Plastikschale. Ich schaute unauffällig auf das Preisschild und konnte es kaum fassen. Vorne hängte ein kleiner Verkäufer Tütchen mit Blumensamen auf einen Drehständer aus Draht.

Bisher habe ich auf Achtundzwanzig noch kein einziges Blumenbeet gesehen, aber irgend jemand scheint die Dinge wohl zu kaufen, die Blumensamen, die Postkarten, Kinderspielzeug gab es auch auf drei Regalen, buntes Plastikvieh, Ritterburgen in schreienden Farben, wo stecken die Kinder, irgendwann müssen die doch aus den Löchern kriechen. Und wer kann sich hier eingelegte Tomaten leisten. Fragen ist zwecklos. Tesen kriegt das Maul nicht auf, seine Frau verschanzt sich hinter altmodischen Sprüchen, die außer ihr und mir wohl kein Mensch versteht, die Verkäufer zucken mit den Schultern, auch der ausgezehrte Straßenreiniger, der sicher nicht viel zu tun hat, weil es höchstens fünf oder sechs Straßen gibt, und die Männer mit ihren Motorrollern, Geländewagen und ihren schmalen Gesichtern, straff und poliert wie geöltes Leder. Sie tauschen Blicke und starren mir hinterher. Vielleicht sind sie nur neugierig, vielleicht bin ich erst die dritte Touristin des Jahres und sorge endlich für Abwechslung. Aber ich habe doch die Satellitenschüsseln gesehen, die leben hier nicht hinter dem Mond.

Schlafanzüge gab es nicht in dem Laden, nur Nachthemden aus Kunststoff, ich habe Nachthemden noch nie ausstehen können, weil sie sich während des Schlafes an meinem Körper hochschieben und mir morgens als wulstiger Strang die Brust einengen. Auf keinen Fall werde ich länger nackt schlafen, nachts werde ich eines meiner Hemden überziehen, auch wenn es an den Brustwarzen scheuert.

Tesens Frau hat mir angeboten, meine Wäsche zu erledigen. Legen Sie alles raus, sagte sie, und als ich zögerte, trat sie nah an mich heran, alles, verstehen Sie. Das trocknet schnell im Inselwind. Haben Sie keinen Trockner, fragte ich. Sie sagte nur, einfach alles rauslegen, und verschwand hinter einer Spanplattentür. Ich legte ihr probeweise eine lange Hose in den Flur, und als ich vorhin, immerhin zwei Tage später, zum Klo ging, das auch nur von einer schlecht schließenden Spanplatte und mit einem mürben Blechriegel gegen den Flur abgeschirmt ist und mich in unruhiger Sorge hält, Tesen könne hineinpoltern, lag sie noch dort, säuberlich gefaltet, kaum verdreckt. Den Versuch ist es dennoch wert, vielleicht denkt sie dann, ich bliebe länger, und bewegt Tesen zu größerem Entgegenkommen.

Ich aß im Zimmer Abendbrot, neben mir Zellophanpäckchen mit Zwiebelmettwurst, Nessels Wein, ein Glas mit blassen Gurken, um mich mit den örtlichen Gebräuchen anzufreunden, und eingeschweißtes Graubrot. Die Oliven hatte ich mir nicht leisten können. Zanka liebt Oliven, aber nur die schwarzen, die gefüllten findet er albern und ißt sie langsam, indem er eine nach der anderen mit der Zunge am Palatum zerdrückt. Bald werde ich mit den phonetischen Studien beginnen und der Palatalisierung der Konsonanten nachgehen, um Professor Losten beliefern zu können. Was kümmert es mich, ob es hier Kinder gibt.

Morgens ging ich durch stumpfes Sonnenlicht zur Kirche, die ich mir von Tesens Frau hatte beschreiben lassen. Sie zeichnete auf eine Papierserviette eine Skizze mit Kreuzen für Berge und gestrichelten Linien für Flüsse, es sah weit aus, aber auf meiner Landvermessungskarte waren keine nennenswerten Erhebungen markiert. Was will sie denn da, fragte Tesen seine Frau, drehte den Toaster um und klopfte, bis verbrannte Krümel auf die Tischplatte rieselten. Keine Ahnung, sagte Tesens Frau. Sie mußten vergessen haben, daß ich am Tisch saß und feuchte Cornflakes löffelte, ich bin fast sicher, sie hatten mich tatsächlich vergessen. Die kennt kein Halten, sagte Tesen, und seine Frau zog die Mundwinkel nach unten, wischte die Krümel mit der Hand vom Tisch und murmelte etwas in der Inselsprache. Ich war erstarrt und wartete wie ein geblendetes Kaninchen auf weitere Bemerkungen, aber Tesens Frau besann sich und drehte sich plötzlich zu mir um, das mit der Wäsche kann dauern, der Trockner ist kaputt. Ich nahm die bekritzelte Serviette, erhob mich wortlos und ging hinter techa Richtung Inland.

Der Trampelpfad versiegte bald zwischen grünlich bemoosten Findlingen und kleineren Rinnsalen, die Tesens Frau wohl mit den gestrichelten Linien gemeint hatte. In den Waden merkte ich eine sachte Steigung. Vom Hafen klangen Motorenlärm und das stählerne Schrillen einer elektrischen Säge herüber. Ich drehte mich um und sah Tesens Frau vor dem Haus. Sie stand bewegungslos im Morgenlicht und hatte das Gesicht zur matten Sonne gedreht. Ich stapfte ziellos zwischen den Findlingen herum, Bewegung war ich nicht gewohnt, der Atem kam schon schneller. Ich dachte an meine Pirouetten auf dem Eisring mit Zanka, das hatte ich doch auch geschafft. Kurz wollte ich im Windschatten hinter einem Findling rasten, da sah ich plötzlich hinter einer Gruppe zotteliger Nadelbäume einen oben abgeschrägten Betonturm, der zur Kirche gehören mußte. Ich zerknüllte die bekritzelte Serviette und warf sie zwischen die Steine.

Die Kirche war von einem mannshohen Maschendraht umgeben, und als ich durch die Gittertür trat, wartete ich einige Sekunden lang, ob eine Alarmanlage auf meine Körperwärme anspringen würde. Zwischen den Grabsteinen, die in ordentlichen Reihen das Gebäude umrahmten, ging jemand in einem schwarzen Anzug hin und her. Er drehte sich zu mir um, und kurz dachte ich, Tesen wäre mir wieder zuvorgekommen, aber es war nur das inselübliche straffe, ölige Gesicht, das mir ohne Überraschung entgegenblickte. Wind der Zeit für dich, rief ich ein wenig atemlos, ich wollte nicht, daß er sich gleich aus dem Staub machte, ich darf mich kurz vorstellen, nicht nötig, sagte er, der Wind der Zeit für Sie und der Segen der Zeit für Sie. Das gefiel mir wieder, die Inbrunst des Grußes, die kunstvoll palatalisierten Endkonsonanten, und ich schöpfte Hoffnung. Ich nehme an, Sie sind hier zuständig, sagte ich taktvoll, und er lachte, tatsächlich lachte er, er hob die Arme, wies lachend auf den Betonturm, das graugestrichene Längshaus und die Findlinge, zwischen denen in der Ferne noch meine Serviette leuchtete, und faltete die Hände im Nacken.

Zuständig für Leben und Sterben, sagte er und dehnte die Finger, den einen nehmen die Möwen, den anderen nehmen die Robben, wie es so schön heißt. Bruder Leupold mein Name. Ich widerstand der Versuchung, den Stift zu zücken, ich denke, hier gibt es keine Robben, sagte ich. Kommen Sie, kommen Sie, sagte er, Sie wollen doch sicher unsere kleine Gemeinde kennenlernen, hier sehen Sie schon einen guten Teil, und er zeigte auf die Grabsteine. Sie sollten sich das Ritual ansehen, als Wissenschaftlerin, meine ich. Woher wissen Sie, wer ich bin, fragte ich. Es spricht sich herum, sagte er und hielt mir die Tür auf. Unser Haus ist immer offen, nur den Zaun halten wir eigentlich stets verschlossen, ja doch. Warum, sagte ich, hier kennt doch jeder jeden. Eben, meinte er und schob mich mit sanftem Druck vor sich her in die Kirche.

Sie hatte die Größe einer Turnhalle und war mit Glühbirnen hell ausgeleuchtet. Neben dem Altar stand eine riesige Vase mit einem in Zellophan eingewickelten Rosenstrauß. Wenige Stühle waren in Grüppchen auf dem fahlen Teppichboden verteilt. An den Wänden hingen Schiffstaue, ein ausgestopfter Rochen und getrocknete Hummer. Im Betongewölbe hallte ein ausgelassenes Kichern. Verstohlen rieb ich die Schuhe über den Teppich, während Bruder Leupold mich hinter die Sperrholzwände winkte, die fast die Hälfte der Halle abtrennten. Kommen Sie, rief er, hier schlägt das Herz der Insel, und ein lebhaftes Gemurmel schlug uns entgegen.

Acht oder neun Damen saßen auf Klappstühlen im Kreis, reichten Schalen mit eingelegten Krabben, Oliven, getrockneten Tomaten und Salzfischlein herum. Die Lippen der Damen glänzten. Sie riefen durcheinander, da ist sie, holt ihr einen Stuhl, sie sieht ganz erschöpft aus. Zanka hat doch recht, dachte ich, eine Orgie, die schlemmen hier, kein Wunder, daß sie sich einschließen, und ich entlud mich heftig an dem Metallstühlchen, das mir eine Dame unterschob. Ich muß etwas sagen, dachte ich, aber ich kam gar nicht dazu, jemand schenkte mir einen Apfelpunsch ein, schon hielt ich Krabben auf einem Zahnstocher, salzig ist besser als süß, rief Bruder Leupold, und die Damen lachten beifällig, ja ja, besser salzig als süß.

Ist das auch eine Redensart, fragte ich die Dame neben mir, um überhaupt etwas zu sagen, aber nein, rief sie, das ist die Erfahrung eines langen Lebens. Jeden dritten Vormittag kommen wir hier zusammen, sagte Bruder Leupold, ein offenes Treffen. Jeder kann kommen, sagte die lebenserfahrene Dame. Aber sie tun es nicht, rief eine andere, und wieder lachten alle. Sie sollten sich jetzt kein falsches Bild machen, sagte Bruder Leupold, manchmal sind wir mehr. Wir reden, feiern und beten. Aber wo sind die Fischer, fragte ich. An Samstagen tagt der Seefahrtsverein im Hauptsaal, sagte Bruder Leupold, wir nehmen natürlich keine Miete, und jeden Dienstag trifft sich der Sackpfeifenvorstand, ein geselliges Völkchen, wissen Sie. Die meisten aus unserem Kreise sind nicht von hier, sagte die lebenserfahrene Dame, wir sind immer noch Stadtpflanzen. Und die Fischer, wiederholte ich. Natürlich müssen Sie Fragen stellen, sagte die Dame, das gehört zu Ihrem Beruf.

Ich leerte meinen Punsch, zerbiß eine Gewürznelke und sah in die Runde. Die Damen wirkten frohgemut und trugen Seidenstrumpfhosen. Wir helfen Ihnen gern, sagte eine, Sie müssen sich fremd fühlen, beten Sie doch mit uns. Bruder Leupold hob beschwichtigend die Hände, wir wollen nichts überstürzen. Ich würde gern mit anderen alten Leuten sprechen, sagte ich, ich meine, mit wirklich alten Leuten, und die Inselsprache aufzeichnen, vor allem die Konsonanten, und eigentlich will ich nach Vierunddreißig. Alle nickten und schwiegen. Der Müllfrachter fuhr hierher, sagte ich verlegen in die Stille hinein, aber es ist ja auch schön hier, ich meine, interessant. Die Dame neben mir legte mir eine Hand auf die Schulter, Sie sind sehr rücksichtsvoll, sagte sie, das gefällt mir. Und jetzt gestatten Sie, sagte Bruder Leupold und erhob sich, ich denke, ich spreche für alle, wir heißen Sie gerne hier willkommen, bei Gelegenheit, wenn Ihnen danach ist. Die Damen nickten mir ermunternd zu. Wir kümmern uns um jeden Neuzugang, sagte eine, und wie eine Woge griff die Ausgelassenheit wieder um sich und verklang in meinem Rücken, als Bruder Leupold mich zum Ausgang führte. Meine Zungenspitze war taub von der Gewürznelke. Den einen nehmen die Möwen, sagte ich leise vor mich hin und suchte mir einen Weg zurück zum Dorf.

Den Rest des Tages verbrachte ich im Bett. Der Punsch hatte sich in meinem Magen mit den Gurken vom Abend, den alten Cornflakes und den Salzfischlein zu einer unguten Mischung verbunden und trieb mir den kalten Schweiß auf die Stirn. Ich konnte keinen klaren Gedanken mehr fassen, eigentlich hörte ich ganz und gar auf zu denken, ein Zustand, der mir selten vergönnt ist, und rollte mich unter den Laken zusammen. Weil ich zu schwach war, um Tesens Frau abzuwehren, brachte sie mir einen bitteren Sud aus Kamille und Pfefferminz, stellte ihn auf der Schaumstoffablage ab und stand an meinem Bett herum. Ich starrte auf ihr kleingemustertes Hauskleid, während sie in einem plötzlichen Anfall von Mitteilsamkeit von Übelkeiten und Zipperlein im weiteren Verwandtschaftskreis plapperte, eine Tante hatte die Schlafkrankheit und saß von morgens bis abends unbeweglich wie ein Klotz mitten in der Küche, Nichten und Neffen brachen sich Zehen, Schlüsselbeine und Zeigefinger, ein

Cousin litt unter krankhaften Hungerattacken und fraß, wenn es ihn überkam, sogar Zahnpasta und Haare, die in seinem Magen zu einem struppigen Zopf verklumpen mußten.

Mein leises Stöhnen schien ihr Vergnügen zu erhöhen, trinken Sie, trinken Sie, sagte sie und hielt mir den Sud unter die Nase, und ich würgte vor Heimweh und Ekel. Ich merkte, wie es mir heiß die Kehle hochstieg, und versuchte, langsam zu atmen. Wohnen die auch alle hier, dieser Bruder Leupold und die Damen, fragte ich Tesens Frau. Ach wissen Sie, sagte sie, den einen nehmen die Möwen, und sie dachte wohl, sie könnte mich damit abspeisen, aber ich richtete mich halb auf und sagte, den anderen nehmen die Robben.

Morgens war mir immer noch flau, ich hatte stundenlang wachgelegen und überlegt, wie ich nach Vierunddreißig kommen könnte, und einige schwache Minuten lang hatte ich erwogen, hier einfach abzuhauen, ich hätte zu Hause zumindest einige hübsche Seltsamkeiten zu berichten, die Mitarbeiter müßten meinen Schreibtisch wieder freiräumen, Professor Losten hätte noch nicht einmal gemerkt, daß ich weg war, Zanka hätte es vergessen und nähme mich um die Hüfte. Ich ginge in die Bibliothek, als wäre nichts gewesen, holte mir die Inselstudien aus den Regalen, Nessel säße am Fenster unter der Klimaanlage und zwinkerte mir zu, ich sah alles vor mir. Dann träumte ich wirr, schwitzte die Laken naß und wachte auf mit dem festen Entschluß, noch eine Woche zu bleiben, einen bestechenden Aufsatz über die Konsonanten auf Achtundzwanzig zu schreiben, etwas über die Damen herauszufinden und meine Leidenschaft für Vierunddreißig zu pflegen.

Ich machte wieder eine Liste, weil Listen den Magen beruhigen und die Zuversicht stärken. Schlafanzug, schrieb ich, ältere Informanten finden, Laptop reparieren. Ich kann keine Laptops reparieren, aber ich darf es doch nicht unversucht lassen. Dann ging ich zum Frühstück und ließ mir von Tesens Frau, die mir beinahe herzlich zunickte, na also, das wird schon, Haferschleim servieren. Während ich den wäßrigen Brei in mich hineinlöffelte und plötzlich beim Einatmen merkte, daß mich der Hosenbund nicht mehr am Bauch drückte, hörte ich draußen laute Stimmen. Tesen hustete und murmelte, dann rief jemand, ich bin ganz sicher, Bruder Leupold hat mir doch gesagt, daß sie hier wohnt. Tesen wurde lauter, und ich schaute aus dem Fenster.

Unter bleistiftfarbenem Himmel stand die lebenserfahrene Dame und fuchtelte mit den Händen, doch doch, nun seien Sie doch nicht so stur, um Himmels willen. Ich klopfte an die Fensterscheibe und winkte, und sie drängte sich an Tesen vorbei, was habe ich gesagt, diese Sturheit, hallo, hallo. Sie kam mit einem feuchten Windstoß im Rücken in den Frühstücksraum, und gleich war Tesens Frau um uns herum, er meint das nicht so, er will bloß nicht, daß unsere Gäste belästigt werden. Was heißt hier belästigt, rief die Dame, und nun lassen Sie uns bitte allein. Ich setzte mich wieder vor meine Schüssel.

Dieses Inselvolk, sagte die Dame, was soll man sagen. Sie sehen aber schlecht aus. Ich räusperte mich und wußte nicht, was ich sagen sollte. Das ist mir schon gestern aufgefallen, sagte die Dame, ganz elend sehen Sie aus, richtig krank, und sie beugte sich vor und sah mir eindringlich ins Gesicht. Gerade dachte ich, ich wäre endlich dünner geworden, sagte ich und fing an zu weinen. Ich weine fast nie, auch als Kind stiegen mir immer nur trockene Schluchzer in die Kehle, die Nase fing mir an zu laufen, oder die Schultern zuckten kaum merklich, aber die Tränen blieben hinter den Augäpfeln stecken, und die Kinder, die mich nicht mochten, wurden immer wütender und versuchten mit allen Mitteln, sie zum Fließen zu bringen. Weil ich nicht weinte, konnte mich niemand trösten.

Die Dame sah geduldig eine Weile zu, ich versuchte gar nicht, die Tränen abzuwischen, und dann rückte sie neben mich, legte ihren sehnigen Arm um meine Schultern und reichte mir Servietten. Als Tesens Frau durch den Türspalt linste, zischte sie, verschwinden Sie, und ich fing an, das Weinen zu mögen. Sie können ja wieder zurück, Kind, sagte sie und schenkte mir Kamillentee nach, es hält Sie doch niemand hier. Ich muß nach Vierunddreißig, weinte ich, und dann war es plötzlich vorbei, ich legte die feuchten Servietten in den Haferschleim, rieb die Hände aneinander und sagte noch einmal lauter, ich muß nach Vierunddreißig. Ich bin hier, um Ihnen zu helfen, sagte die Dame, allein stoßen Sie auf Granit. Das ging uns allen so. Ich brauche einen Schlafanzug, sagte ich, und Konsonanten.

Die Dame hieß Marte. Frau Marte, fragte ich. Nein, einfach Marte, sagte sie und ging mir voraus zum Dorf, sie war behende für ihr Alter, trug Gummistiefel über den Seidenstrumpfhosen und schwenkte die Arme beim Laufen. Marte erzählte von Bruder Leupold, dem einzigen Achtundzwanziger, der nicht auf den Kopf gefallen sei. Früher hatten wir Bruder Oskar, sagte sie, er war großartig, konnte singen wie ein Gott, wir haben Ausflüge gemacht und Handball gespielt, Federball geht hier nicht bei dem Wind. Die Ausrüstung ließen wir uns aus der Stadt kommen und natürlich den Sekt. Schließlich muß man sich beschäftigen. Wir halten zusammen, wissen Sie, das muß man hier, man hat uns nie gemocht.

Warum sind Sie dann auf der Insel, fragte ich. Man kann die Leute nicht unbeaufsichtigt lassen, sagte Marte, die rühren doch sonst keinen Finger. Glauben Sie uns, Kind, wir kennen uns aus. Und es stimmte, Marte ließ sich nichts vormachen. Nach einer Stunde besaß ich einen hellblauen Frotteepyjama, eine Packung starke Schlaftabletten und die Tageszeitungen von vor vier Tagen. Jetzt fahren wir zum Altersheim, sagte sie vergnügt, aber seien Sie gewarnt. Warum helfen Sie mir, fragte ich, aber sie schob nur ihren dünnen Arm unter meinen Ellbogen und sagte, Sie sehen schon besser aus.

Marte hatte einen neuen Geländewagen mit offenem Verdeck, den sie zügig zwischen den Findlingen hindurch ins Hinterland steuerte. Ein Achtundzwanziger, der hinter den Häusern gebückt nach etwas zu suchen schien, richtete sich halb auf und sah uns nach. Wir saßen so hoch, daß ich von oben auf seinen Kopf schauen konnte. Ich hielt das Gesicht in die graue Luft. Der Wagen hat Bruder Oskar gehört, rief Marte, er ist herausgefallen. Hat sich nie angeschnallt. Ich könnte Ihnen die Stelle zeigen, wir gehen manchmal hin und trinken dort einen Schluck ihm zu Gedenken. Wir sind untröstlich, wenn uns jemand verläßt, verstehen Sie. Ich wußte nicht recht, wen sie meinte, wenn sie wir sagte.

Die niedrigen Hügel von Achtundzwanzig waren oben platt und kulissenhaft gestaffelt. Während wir fuhren, verschoben sie sich kaum merklich. Nur hinten in den Tälern sah ich größere, baumumstandene Anwesen, weiße langgestreckte Güter mit Türmen und Giebeln, die zwischen den grauen Hügeln fast schmerzhaft leuchteten. Da wohnen wir, sagte Marte, die meinen Blick bemerkte, es ist besser, sich in das Hinterland zurückzuziehen, wenn man ungestört sein möchte.

Manchmal sickerten Rinnsale über den steinigen Boden, der an manchen Stellen silbrig schimmerte. Wir parkten auf einem riesigen geteerten Parkplatz vor dem quadratischen Altersheim. Das ist ja am Ende der Welt, sagte ich, wie sollen die unter Leute kommen. Gar nicht, sagte Marte, die Fahrt hat Ihnen gutgetan, Sie haben Farbe bekommen. Ich fühlte in der Jackentasche nach meinem Notizblock und wiederholte im Kopf die alten konsonantenreichen Inselgrüße. Und wenn Sie das hier überstanden haben, sagte Marte, habe ich noch etwas für Sie. Kommen Sie nicht mit, fragte ich. Unter keinen Umständen, sagte Marte heiter.

Ich drückte mit der Schulter die schwere Tür auf, blieb kurz im Windfang stehen, um mich zu sammeln, und trat in die Eingangshalle. Rollstühle mit alten Männern waren in kleinen Gruppen zusammengeschoben, die Frauen saßen in Sitzecken oder um ein gekacheltes Becken, in dem schlaffe Palmen wuchsen. Schwestern eilten mit Karaffen und Fieberthermometern hin und her. Ich lungerte an der Tür herum, bis eine auf mich zukam und mir das Wort abschnitt, der Wind der Zeit für dich, hatte ich natürlich sagen wollen. Ja bitte, sagte sie, was wollen Sie, Besuchszeit ist morgens von acht bis zehn und nachmittags ab fünf. Ich versuchte zu erklären, warum ich da war, während die Schwester von den Fersen auf die Fußballen schaukelte und an mir vorbeisah, bis ich Marte ins Spiel brachte, ja sagen Sie das doch gleich. Mit wem wollen Sie denn reden. Es geht mir um die Inselsprache, sagte ich, die Konsonanten, es müßte jemand sein, der gern redet. Das gibt es hier nicht, sagte die Schwester. Dann eben jemand, der etwas erlebt hat, sagte ich. Ich merkte, daß die alte Sturheit sich in mir rührte. Suchen Sie sich doch aus, wen Sie wollen, sagte die Schwester patzig, rauschte davon und verschwand in einem der Gänge, die von der Halle weg führten. Ich versuchte, mich unauffällig nach fähigen Sprechern umzuschauen, aber natürlich war ich längst zum Mittelpunkt der Aufmerksamkeit geworden, alle starrten mich an, und die, die mich schlecht sehen konnten, rückten sich in eine bessere Position. Ein leises Raunen lag in der Luft, aber niemand schien die Lippen zu bewegen.

Ich schlenderte freundlich lächelnd zur nächsten Sitzecke und grüßte in die Runde, hallo, sagte ich, ich meine, Gott mit Ihnen. Drei alte schmale Frauengesichter musterten mich. Sagen Sie denn hier manchmal noch den alten Gruß, sagte ich, Wind der Zeit und so weiter, ich interessiere mich nämlich für diese alten Sachen, die nur noch die ganz Alten, ich meine die älteren Herrschaften, meine Stimme versagte, und ich schüttelte zum ersten Mal seit langem wieder meine Haare. Plötzlich grinsten die Frauen, und die eine sagte zu den beiden anderen, schöne Haare hat sie.

Sie fingen nun richtig an zu kichern, bis ihre Schultern zuckten, und weideten sich an meiner Ratlosigkeit. Bitte entschuldigen Sie, rief ich, so war das natürlich nicht gemeint. Inselluft hält jung in der Brust, lachten die Frauen. Das wollte ich mir gleich aufschreiben und suchte in der Jacke nach dem Stift, aber noch während ich in den Taschen wühlte, hatten sich die Frauen von mir abgewandt und redeten über eine Frau Hogen. Wohnt Frau Hogen auch hier, mischte ich mich noch einmal ein, aber das dichte, leise Gerede ließ keine Schlupflöcher, und ich erhob mich, rot und heiß in meiner Jacke, und stand hilflos herum.

Können wir Ihnen behilflich sein, riefen zwei alte Männer hinter den Palmen. Sie saßen zusammengesunken in ihren Rollstühlen, der eine hatte eine Decke über den Knien, der andere schlug mit verkrümmten Fingern ständig auf seine Oberschenkel, aber auch ihre Gesichter waren straff und hatten einen leicht öligen Glanz. Dankbar durchkreuzte ich den Raum und wollte mich gleich zu ihnen setzen, da fragte der eine, hast du was dabei. Was denn, sagte ich, von drüben, sagten sie fast gleichzeitig, von drüben, vom Festland, zur Kräftigung. Was denn vom Festland, fragte ich, und sie schauten gleichgültig und hellwach durch die Gegend und warteten, ob ich mitspielte.

Ich setzte mich ermüdet auf den Rand des Palmenbeckens und schüttelte den Kopf. Gerade wollte ich mich geschlagen geben, da beugte sich der mit der Decke zu mir und sagte, so kommen Sie hier nicht weiter, das merken Sie doch selbst. Ich starrte ihn an. Ich will doch nur ein bißchen was zu hören kriegen, sagte ich, weiter nichts. Hier sagt keiner was, sagte er. Sie haben drei Möglichkeiten: Entweder Sie gehen Muscheln sammeln, oder Sie trinken Kaffee mit den reichen Schnepfen, oder Sie lernen Sackpfeife. Ich will doch nur zuhören, sagte ich noch einmal. Er zuckte mit den Schultern, das war alles, und er beugte sich zu seinem Nachbarn, hör auf mit dem Gezappel, und hielt ihm die krummen Finger fest.

Und, sagte Marte, die mit verschränkten Armen am Geländewagen lehnte und mir auf einmal mitfühlend und jugendlich erschien, und wie war es denn. Ach, sagte ich, ich sollte Muscheln sammeln gehen, das wäre wahrscheinlich ergiebiger. Jetzt sehen Sie wieder schlechter aus, sagte Marte, steigen Sie ein, Altwerden ist eine traurige Angelegenheit. Ich habe doch noch etwas für Sie. Wir fuhren durch die platten Hügel, und ich dachte über meine Möglichkeiten nach, da hielt Marte auf offener Strecke und sagte, hier ist es. Ihre sorgfältig gedrehten Löckchen hielten dem Wind stand. Sie stieg aus und winkte mich zu einer Stelle, die aussah wie jeder beliebige Quadratmeter von Achtundzwanzig, steinig, staubgrau. Sie griff in die Tasche ihrer Allwetterjacke und holte einen Pikkolo heraus, ich möchte mit Ihnen eine Minute innehalten im Gedenken an Bruder Oskar. Sie hielt den Pikkolo mit beiden Händen und senkte den Kopf. Ich senkte auch den Kopf und schaute auf unsere Schuhe zwischen den Steinen und dachte, warum schreien hier keine Möwen, und wartete, daß die Minute verstrich, aber Marte rührte sich nicht, und ich traute mich nicht, den Kopf zu heben.

Da sagte sie plötzlich fröhlich, auf ihn und auf alle wie ihn, und als ich aufsah, hatte sie schon den Verschluß abgeschraubt und die Flasche an den Mund gesetzt. Die Alten haben ihn immer abblitzen lassen, sagte sie, wie oft war er dort und wollte sie einladen, es ist ja nicht so, als hätten wir uns abkapseln wollen. Ein bitteres Völkchen. Sie werfen uns jetzt noch vor, daß wir die Fischereirechte erworben haben. Dabei sind doch alle in Lohn und Brot, eigentlich sollten sie uns dankbar sein. Also, ich weiß genau, wie Sie sich fühlen. Ich wollte nachfragen, aber sie reichte mir schnell das Fläschchen. Wieder regte sich Widerwillen in meinem Magen, doch sie nickte mir verschwörerisch zu, und ich nahm einen Mundvoll lauwarmen, schwach kribbelnden Sekt auf Bruder Oskar, Sie hätten ihm gefallen, sagte Marte, und jetzt die Belohnung. Wir, also unsere kleine Gemeinde ist übereingekommen, Ihnen ein dreimonatiges Stipendium zur Erforschung der Konsonanten zu zahlen. Ich hatte den Sekt noch nicht herunterschlucken können und stand vor ihr, die Backen gerundet, die Augen feucht von der Kohlensäure und dem Wind, und nickte heftig.

SIEBEN

Jetzt aber ging ich doch endlich die Insel hinauf,
um zu beten, ob nicht einer der Götter den Weg
in die Heimat mir wiese.

Homer, *Odyssee*

Seit neun Wochen schlafe ich gut, und seit sieben Wochen lerne ich Sackpfeife. Martes Schlaftabletten sind verläßlich, ich nehme eine halbe nach dem kleinen Glas Kartoffelschnaps, das ich mir angewöhnt habe, sinke in die klammen Kissen, höre und sehe nichts mehr bis zum nächsten Morgen um halb sieben. Einen Belag habe ich morgens auf der Zunge, aber das könnte auch am Schnaps liegen oder am Abendbrot oder am kalkigen Wasser, mit dem man sich hier die Zähne putzen muß. Ich habe beschlossen, alles gleichzeitig zu tun. Ich trinke Tee mit den Damen, ich lerne Sackpfeife, und gelegentlich sammle ich sogar Muscheln, an helleren Tagen.

Nach dem Sektumtrunk ging ich zu Tesen, der gerade hinter dem Haus mit einem Spaten Geröll hin und her schob, und sagte zu ihm, Sie werden es nicht glauben, aber ich bleibe ein Vierteljahr. Er richtete sich langsam auf, stützte sich auf den Spaten und drehte den Kopf zu mir. Was, sagte er. Es gefällt mir hier, sagte ich und mußte lachen, die Strände, die Delphine. Tesen verzog keine Miene, ließ den Spaten fallen und ging eilig ins Haus. Ich hörte ihn nach seiner Frau rufen. Ich könnte mir woanders etwas mieten, sagte ich laut, aber er hat es wohl nicht gehört, denn abends, als ich zusammengerollt auf meinem Bett lag und überlegte, wie ich vorgehen sollte, klopften sie und standen vor der Tür mit einer Schreibtischlampe, einem hölzernen Handtuchhalter, einem Trockenblumenstrauß in einer blauen Glasvase, einem ockerfarbenen Bettvorleger, einem Wandkalender, meiner gewaschenen und gebügelten Hose und einer Flasche mit klarer Flüssigkeit, die mir Tesens Frau gleich entgegenstreckte, selbstgebrannt. Ich schaute zu, wie sie alles hin und her rückten, Tesens Frau stieß an den Schaumstoffuntersatz und sagte, da wird sich auch noch was Besseres finden, und preislich werden wir uns schon einigen. Dann standen sie beide da und sahen sich um, Tesen rieb sich die Hände, Tesens Frau klopfte ihre Schürze ab, sie schauten sich an, wir, sagte Tesens Frau, wir freuen uns. Auf einmal war ich gerührt, ich nahm die Flasche mit dem Kartoffelschnaps, schraubte den Deckel ab und reichte sie Tesen, auf techa, sagte ich. Wir murmelten alle, auf techa, und als sie draußen waren, nahm ich noch einen Schluck und meine erste Schlaftablette und dachte, es muß versucht werden.

Dann suchte ich nach einem Sackpfeifenlehrer. Ich fragte Marte, aber sie sagte nur, das ist nichts für uns Städter, wir haben das nicht im Blut. Was haben wir denn im Blut, fragte ich. Na das fragen Sie, rief sie, Sie sind Vollblutforscherin, Ihr Geist will hoch hinaus, das ist es doch. Und Sie, fragte ich zurück. Keine

Sorge, sagte sie, ich habe meine Aufgabe gefunden. Überlegen Sie sich das mit dem Gequäke, es kostet viel Zeit, und die sollte Ihnen doch kostbar sein. Sie warf mir einen wachsamen Blick zu. Ich würde der Gemeinde Rechenschaft abzulegen haben.

Dann fragte ich Tesen. Tesen schnaubte und sagte, Lehrer, Lehrer, das braucht keinen Lehrer, das hat man im Blut oder nicht. Ich wurde ungeduldig. Frag doch im Dorf, sagte er. Wenn Tesens Frau nicht dabei war, vergaß er meistens, mich zu siezen. Ich fragte den Mofavermieter und den Verkäufer im Supermarkt, den Straßenreiniger, zwei Männer in Geländewagen, die mich aber gar nicht hörten, weil sie hoch über mir saßen und der Wind meine Stimme zerstreute, ich fragte eine Frau, die in ihrer Toreinfahrt kniete und Ölflecken vom Pflaster schrubbte, und eine Frau, die einen Briefkasten mit Klebeband verschloß, und ich fragte Dilse. Ich fragte Dilse, so wie ich alle anderen auch fragte, höflich, die Schultern etwas eingezogen, die Stimme möglichst farblos, kein direkter Blick ins schmale Gesicht, das hatte ich gelernt, damit sich niemand ausgefragt oder in die Enge getrieben vorkommen konnte.

Dilse saß auf den Stufen vor ihrem Haus und rauchte. Sie war jünger als die anderen, hatte steifes kurzes Haar und rote Schnürstiefel an den Füßen, mit denen sie rhythmisch auf den Boden tappte, während sie den Rauch langsam in die Luft blies. Ich hatte noch niemanden mit roten Schuhen auf Achtundzwanzig getroffen. Als ich sie fragte, über den Maschendraht hinweg, der ihren lehmigen Vorgarten von der Straße abtrennte, rief sie, ja ja, ich hab schon gehört, daß Sie was suchen, können wir machen. Wissen Sie denn jemand, fragte ich. Mich natürlich, sagte sie, warum gucken Sie denn so. Sie dachten wohl, nur Männer spielen. Aber so altmodisch sind wir hier gar nicht. Ich spiele, seit ich vier bin. Sie stand auf und klopfte sich die Hosen ab. Ihre Arme waren länger als gewöhnlich. Wann wollen Sie anfangen, sagte sie, Sie können sich bei mir eine ausleihen.

Am nächsten Tag stand ich wieder vor dem lehmigen Gärtchen und suchte nach einer Klingel. Da stand sie schon in der Tür, die langen Arme über der Brust verschränkt. Es wird schon etwas kosten, rief sie mir entgegen, aber man sagt ja, Sie können es sich leisten. Ich überlegte, ob Dilse älter oder jünger war als ich. Die Glätte der Gesichter macht es ungeübten Beobachtern fast unmöglich, Spuren des Alters zu entdecken. Inzwischen bin ich besser geworden, Dilse hat mir erklärt, worauf ich achten soll, die Nasenflügel verlieren bei älteren Achtundzwanzigern ihre Spannung, an den Handgelenken kräuselt sich die Haut, und hinter den Ohren bilden sich Faltenherde. Dank Dilse konnte ich Tesen auf etwa fünfzig, seine Frau und Bruder Leupold auf sechzig schätzen. Die Faltenherde könnten die Genauigkeit erhöhen, sind aber nur schwer zugänglich. Im Bett einfach mal hinter die Ohren packen, wenn es hoch hergeht, sagte Dilse, sie hat gut reden, es scheint, als hätte sie jede Woche einen anderen unter der Decke.

Zu meiner ersten Unterrichtsstunde hatte ich meinen Notizblock dabei und erhoffte mir viel. Dilse erklärte mir die wichtigsten Dinge, es gibt wenige Töne und keinen Schnickschnack, sagte sie, mit der Begrenzung mußt du arbeiten. Sie stieß in die Blaspfeife, der Sack füllte sich unter ihrem Ellbogen, wölbte sich praller und sah nun aus wie ein aufgedunsenes Organ, eine Niere vielleicht. Ich beugte mich vor und wollte ihn gerade mit dem Zeigefinger berühren, da platzten die ersten Töne aus den Pfeifen, Dilses Finger glitten über die Löcher, und eine dröhnende Melodie explodierte in den Raum hinein, stieß an die schaumstoffgepolsterten Wände und fiel uns auf die Köpfe.

Wie haben die früher geübt, als es noch keinen Schaumstoff gab, fragte ich, draußen vielleicht, am Strand. Nein nein, sagte Dilse, da gab es noch keine Sackpfeifen. Ich dachte an die alten Fotos aus dem Bildband und widersprach ihr, aber Dilse bestand darauf, Schaumstoff und Sackpfeife wurden gleichzeitig erfunden, sagte sie, vielleicht sogar von ein und demselben Menschen, ich schwöre es. Sie zog die samtige Umhüllung herunter, und der Sack lag nackt auf ihren Knien, eine Tasche aus Kunststoff mit einem kräftigen Reißverschluß. Ich dachte, der wäre aus Leder, rief ich, und Dilse zuckte mit den Schultern, siehst du, was habe ich gesagt.

Dilse schwört auch, daß es auf Achtundzwanzig Delphine gibt, daß techa ein Umschlagplatz für schwarz gebrannten Schnaps und Tesen sich selbst der beste

Kunde sei, daß niemand auf Achtundzwanzig Steuern zahlen müsse, weil die Behörden die Inseln vergessen hätten, und daß die Klänge der Sackpfeife jedes Herz zum Schmelzen brächten. Ich weiß nicht, was ich ihr glauben soll.

Sie läßt Anspielungen fallen, während ich an den Bordunpfeifen drehe und versuche, sie aufeinander zu stimmen, oder wenn meine Hände erlahmen, weil die Löcher auf der Spielpfeife zu weit voneinander entfernt sind, ich muß meine Finger spreizen, bis es schmerzt, und sie sagt, im Schmerz liegt die Musik, und ich will schon meinen Notizblock hervorziehen und finde sie weise, wie sie zurückgelehnt und breitbeinig auf ihrem Stuhl sitzt und solche Sachen sagt, da grinst sie, das habe ich von Lester, letzte Nacht, solche Sachen kann der sagen. Ich weiß nicht, wer Lester sein soll, es gibt doch kaum junge Männer hier, nur solche wie Tesen und die Männer im Geländewagen, und wer wollte schon mit Tesen unter eine Decke. Ich fragte sie nach Lester, und meine Fragen gefielen ihr, und es gefiel ihr noch mehr, mich im Dunkeln zappeln zu lassen. Trotzdem bin ich Dilse nicht böse, sie ist eine gute Lehrerin.

Bei meinem kleinen Abstecher in die Trinkstube hinter dem Supermarkt drängte mich einer an die Theke und faßte mir ins Haar, bevor ich mich ducken konnte, schöne Wolle, sagte er. Er war allerdings der einzige, der sich so benahm, die anderen musterten mich mit kaum verhohlener Verwunderung, wie ich da saß mit meinem Leihsack unter dem Ellbogen und den Pfeifen über der Schulter, ich konnte erst zwei Melodien und hätte gar nicht kommen sollen, aber ich wollte es probieren. Ich scheiterte schon beim Stimmen, und mein Atem war zu flach, ich konnte den Sack kaum füllen. Noch bevor ich zum ersten Stück ansetzte, erhob sich jemand, ohne mich eines Blickes zu würdigen, ließ seinen Atem in den Sack strömen, der sich unter seinem Ellbogen zu einem prallen Tierchen rundete, und schon zitterte die Luft mit schnalzenden Klängen. Der Mann hinter der Theke schob mir ein paar Kopfhörer zu, die ich ratlos hin und her wendete. Er beugte sich über die Theke und schrie mir ins Ohr, Sie sollten die aufsetzen, zur Schonung. Ich will mich nicht schonen, ich will auch spielen, sagte ich, aber niemand konnte mich hören.

Ich halte den Sack an meinen Körper gepreßt und blase hinein, die Bordune drücken auf der Schulter, und die Troddeln, mit denen sie geschmückt sind, kitzeln mich unangenehm am Ohr. Schon wird mir schwindelig, der Sack erschlafft, bis ich wieder hineinpuste, aber nun rutscht mir die Spielpfeife aus den feuchten Händen, wie soll das gehen, sage ich erschöpft, und mit einem Quäken entweicht der restliche Atem aus dem Sack. Es gibt keine Noten. Man kann nur laut spielen, leise geht es nicht. Dilse spielt mir etwas vor, sie sitzt ganz gerade, ein roter Schnürstiefel hämmert laut den Takt, die Luft rauscht in den Sack, und schon dröhnt uns eine Melodie um die

Köpfe. Solange die Klänge noch im Raum stehen, muß ich gleich hinterherspielen, aber meine Finger treffen selten die richtigen Löcher. Wenn das Stück zu Ende geht, ist noch Luft im Sack, ich drücke mit dem Ellbogen, und er näselt jämmerlich vor sich hin, bis er endlich leer ist. Du mußt lernen, rechtzeitig aufzuhören, sagt Dilse.

Sonst stelle ich mich nicht so dumm an, sagte ich. Wie sollen das denn die Kinder schaffen, und weil ich schon dabei war, fragte ich gleich weiter, wo sind die überhaupt, die Kinder. Was fragst du mich, sagte sie, ich habe keine, Wind sei Dank, aber von ihr lasse ich mich nicht so leicht abschütteln, das gibt es doch nicht, es muß welche geben. Da beugte sie sich vor und flüsterte mir ins Ohr, wir haben die Kinder abgeschafft, zu laut, zu viel Gequassel, die kommen gleich in die Stadt, da fallen sie nicht auf. Wir wollen hier unsere Ruhe. Bis auf die Sackpfeifen. Sie legte den Kopf schräg und wartete, was ich sagen würde, aber ich bin klüger geworden, ich nahm einfach meine Sackpfeife hoch und holte tief Luft.

Ich muß zugeben, ich bin nicht sehr gut. Nach sieben Wochen, sagt Dilse, sollte ich zehn Stücke können, aber ich verwechsle die Melodien, die Oberarme zittern vor Anstrengung, Fuß, ruft Dilse, schlag den Takt, ich stampfe auf den Boden und vergesse zu atmen, und der Ton reißt ab, sofort verschluckt ihn der Schaumstoff. Am besten geht es hinterher, wir setzen uns auf die Stufen vor dem Haus, Dilse raucht, ich schaue ihr dabei zu und bin froh, von den Achtundzwanzigern mit Dilse gesehen zu werden. Wenn Lester vorbeikommt, zeig ihn mir, sage ich, und Dilse sagt, du bist nicht sehr musikalisch, aber das wird schon.

Manchmal schaut ein alter Mann aus dem oberen Fenster auf uns herab, ein Großonkel, sagt Dilse, aber er sieht ihr zu ähnlich, er scheint auch im Haus zu wohnen, in den ersten Wochen hat er nur an uns vorbeigeguckt, aber seit meiner ersten Melodie nickt er mir zu und hat uns auch schon ein Gläschen Kartoffelschnaps herausgereicht, von Tesen, sagt Dilse. Dilse spricht viel, aber manchmal sitzt sie hochaufgerichtet auf ihrem Stuhl, während ich auf der Pfeife herumfingere und die Töne sich schnalzend in der Luft überschlagen, ihr Schnürstiefel klopft meinen unregelmäßigen Takt mit, ihr Mund ist leicht geöffnet, sie schaut starr an mir vorbei. Ich breche ab, weil es hinten und vorne nicht stimmt, und sie merkt es gar nicht, immer noch hebt und senkt sich die Stiefelspitze, sie wendet den Blick nicht ab von dem, was sie sieht, nur weiß ich nicht, was es ist. Vielleicht denkt sie an Lester, oder an den alten Mann oben im Haus, dessen Hals seltsam verschraubt aussieht, oder an die abgeschafften Kinder. Ich sollte nicht auf alles hereinfallen. Ich hebe die Sackpfeife wieder auf die Schultern und schließe die Lippen um das Blasrohr, und diesmal schnalzen die Töne nicht, ein gerader metallischer Klang bricht hervor und dann noch einer, ich atme ein und aus und blase immer weiter, und Dilse schreckt hoch und ruft, weiter, weiter, du hast es.

Natürlich hatte ich es nicht, am nächsten Morgen war ich wieder genauso knapp auf der Lunge wie sonst auch und konnte mir auch nach vier oder fünf Durchgängen die Melodie nicht merken, die Dilse mir schon seit Tagen beibringen wollte, obwohl ich sie zu Hause geübt hatte. Zu Hause heißt in der Garage von techa, die Tesen mir klaglos zu einem Proberaum umgebaut hat. Als ich mit der Leih-Sackpfeife, die Dilse mir mitgegeben hatte, den Hügel hochkam, lehnte Tesen in der Tür und sagte, so, jetzt wird es wohl ernst. Es war mir schon immer ernst, sagte ich, wo kann ich üben. Üben üben, sagte Tesen, und ich wartete, daß er mich wieder auf mein verdünntes Städterblut hinweisen würde, aber er sagte nur noch ein paar Mal, üben also, und am Abend klopfte er an meine Zimmertür und führte mich zu der Garage. Tesens Frau war nirgends zu sehen, er muß sich ganz allein entschlossen haben, mir das Leben leichter zu machen, er trat das Blechtor auf, und ich sah, daß er sich Mühe gegeben hatte. Alte Gummireifen und Ölkanister waren mit einer Plane abgedeckt, eine verbogene Stehlampe stand neben einem Klappstuhl, und ein Heizkörper auf Rollen tickte leise. Hier hört dich niemand, sagte Tesen. Ich wollte ihm danken, aber wie hätte ich das tun sollen, an Händeschütteln oder Umarmen war nicht zu denken. So herzlich wie möglich sagte ich, danke, vielen Dank, ich werde jeden Tag üben. Üben üben, sagte Tesen, wieder spöttisch, wir werden sehen, und plötzlich hörte ich die wunderbare Palatalisierung seiner auslautenden Konsonanten.

Ich lerne bei Dilse, dann gehe ich in die Garage und übe, und nachmittags gehe ich, wenn der Wind nicht zu scharf ist, zu einem der steinigen Strände. Von einer Bucht im Osten der Insel aus ahnt man Neunundzwanzig und die hinteren Inseln. Ich war einmal da, um Fotos zu machen, aber es war so diesig, daß sich das Knipsen nicht gelohnt hätte. Obwohl es im Supermarkt Filme zu kaufen gibt, kann ich die Bilder auf Achtundzwanzig nicht entwickeln lassen, sagt Tesens Frau. Ich weiß nicht, wie Marte ihre Fotoalben füllt. Die vollen Filme mit Strandbildern, mit Hafen und mit Tesen, der sich sofort zur Seite dreht, wenn ich mit der Kamera komme, stapele ich auf der Fensterbank neben den Trockenblumen.

Manchmal suche ich Muscheln, die scharfe Ränder haben, außen bräunlich verkrustet sind und innen dunkelblau glänzen. Viele haben Löcher, die aussehen wie mit der Maschine gestanzt, und lassen sich auf Schnüre ziehen. Ich hänge sie in der Garage an die Decke. Oder ich sitze zwischen den Felsen und starre auf die schimmernden schwarzen Algenhaufen mit ihren harten Kapseln und mache mir Notizen, aber um ehrlich zu sein, schreibe ich vor allem Melodien auf und summe sie immer wieder, um sie mir endlich zu merken.

Das habe ich auch schon meinem Vater geschrieben, der wahrscheinlich schon lange auf heißen Kohlen sitzt, meiner Mutter natürlich auch. Einen Brief haben sie bekommen, falls die Briefmarke gültig ist und der Briefkasten geleert und die Postsäcke befördert wurden. Ich habe gezögert, den Absender auf den Umschlag zu schreiben. Vielleicht fürchte ich, mein Vater könnte mich hier aufsuchen. Er braucht schließlich nicht alles zu wissen. Wenn es nach ihm ginge, wäre ich gar nicht hier. Aber dann regte sich doch mein Gewissen, und ich dachte, schließlich will ich mich ja hier vor niemandem verstecken. Liebe Eltern, bis Achtundzwanzig bin ich gekommen. Ich erforsche hier die sprachlichen und sozialen Strukturen. Einfach ist es nicht, aber ich bin, die Stelle war schwierig, oft durchgestrichen, mit Leib und Seele bei der Sache. Ein kleiner Aufsatz ist in Arbeit.

Ich weiß nicht, was mein Vater zum Stand der Dinge sagen würde. Das Stipendium sollte ich noch erwähnen. Vielleicht auch die widrigen Umstände, das würde ihm zeigen, wie hartnäckig ich meine Leidenschaft verfolge. Und ich vermisse Euch, hätte ich noch hinzufügen sollen, doch ich schrieb nichts dergleichen. Ich schloß mit einem herzlichen Gruß und einem hastigen PS: Eine Weile werdet ihr nicht viel von mir hören.

Mein Vater wäre ein glänzender Sackpfeifer, er müßte nur tief Luft holen, und sein Atem würde durch das Rohr in den Sack rauschen, er würde anschwellen unter seinen Händen, und schon stünde ein schneidender Ton im Raum, ich bin mir sicher. Ich erzählte Dilse von meinem Vater, wie prächtig er aussieht, wie groß seine Hände sind, aber sie meinte, die kleinen Zähen, die sind oft noch viel besser. Aber er glüht von innen, rief ich. Die Sackpfeife ist nicht feuerfest, sagte Dilse, soll er doch Cello spielen. Und wirklich, mein Vater liebt das Cello, er hört Platten und geht in Konzerte, es macht ihm die Augen feucht. Ich sollte es auch lernen, eine Zeitlang kam ein Hauslehrer. Er stotterte und hatte sehr helle Haut, die neben seinem dunklen Cello leuchtete wie Milch auf Kohle, und wenn er mir Passagen vorspielte, machte er kleine sonderbare Geräusche, eine Art Seufzen oder Brummen, an denen ich mich auch versuchte, weil ich fand, sie steigerten die Innigkeit.

Wir mochten uns und spielten uns vor, ich lernte wie immer sehr schnell, und er lauschte mir und meinen kehligen Geräuschen, und mein Vater lauschte uns.

Wenn ich nach der Stunde in die Küche kam, hatte meine Mutter das Radio laut gestellt. Dann fing ich an, Harfe zu lernen, und der Hauslehrer begegnete in unserem Flur der Harfenlehrerin, einer zarten Frau mit weichgecremten Händen und so dunklen Haaren wie sein Cello, und seitdem hatte er nicht mehr viel Zeit. Einmal spielten sie zusammen alte Weisen in unserem Wohnzimmer, vor dem Abendbrot, es war schon dämmerig, mein Vater hatte sie eingeladen und brachte handgepreßte Säfte. Meine Mutter war unruhig und stand am Fenster. Ich konnte den Blick nicht von ihnen wenden, wie sie sich in die Augen sahen und ihre Oberkörper wiegten, aber irgendwann stieß mein Ohr in all den samtigen Tönen und dem perligen Geklimper auf sein kehliges Brummen, und ich konnte nicht mehr weghören, ich hörte nur noch das Brummen, und in mir stieg ein gefährliches

Kichern hoch, ich versuchte mich abzulenken und schaute verzweifelt im Zimmer umher.

Wenn ich wieder patze, erzähle ich Dilse von all den Instrumenten, die ich schon gelernt habe, und von meinem absoluten Gehör, aber sie lacht nur und sagt, das hilft dir hier nicht. Nicht daß ich angeben wollte. Aber ich muß ihr doch klarmachen, daß ich nicht so unbegabt bin, wie es scheint. Das Stipendium reicht schließlich nur noch drei Wochen, und am Ende will ich es können. Wenigstens zehn Melodien, klare Töne, Takt halten, eine Pfeifennacht mitgespielt haben. Der Abend in der Trinkstube war nur ein Vorgeschmack, sagt Dilse. Sie sagt, wer bei einer Sackpfeifennacht mitspielt, ist hinterher ein anderer Mensch. Ein besserer, wollte ich wissen, aber sie behauptet, sie kann es nicht erklären, anders einfach.

Wenn sie gutgelaunt ist, lege ich ihr Listen mit Testmaterial vor, Wörter mit Endkonsonanten, die sie mir dann vorliest wie ein langes Gebet, aber mit einem spöttischen Ton in der Stimme, und als ich einmal spät abends nach dem Üben noch eine Runde drehte und an der Trinkstube vorbeikam, hörte ich sie durch die verrutschten Rolläden meine Wortlisten deklamieren, Männer und Frauen kicherten und husteten und riefen, mehr, mehr, und jemand schrie, wißt ihr noch, der alte Wolters, das war auch so einer. Der alte Wolters hat vor Jahrzehnten ein Büchlein über die Sprichwörter und Weisheiten der Inseln Zwanzig bis Dreißig geschrieben, ich kenne es gut, es stand in Professor Lostens Regal direkt neben den

Teesachen, vom alten Wolters kenne ich den Wind der Zeit und andere Kostbarkeiten. Der alte Wolters muß in diesem vergammelten Verschlag gehockt haben, lange bevor jemand nebenan den Achtundzwanzigern Oliven in Plastikdöschen verkaufte, immerhin durfte er dort sitzen, zwischen den Tesens und Lesters und Oskars, wahrscheinlich konnte er mehr Kartoffelschnaps trinken als ich, und sie haben sich Sprichwörter ausgedacht für ihn. Der alte Wolters und ich scheinen einiges gemeinsam zu haben.

Ich fragte Dilse nach dem alten Wolters, obwohl ich damit ja zugab, sie belauscht zu haben, aber sie ließ sich nichts anmerken. Wir hatten uns eine Plastikplane auf die Treppe gelegt, weil der Nieselregen den Dreck auf den Stufen in einen feuchten grünen Schleim verwandelt hatte, und teilten uns eine Zigarette. Bald werde ich allein eine ganze rauchen können, alles eine Frage der Übung. Ich hatte zwei Stücke von vorne bis hinten durchgespielt, ohne mich allzusehr zu verhaspeln, war sogar aufgestanden und im Takt der Musik gemessen auf und ab geschritten, und Dilse hatte diesmal nicht vor sich hin gestarrt, sondern mich genau beobachtet und mir hinterher mit der flachen Hand zwischen die Schulterblätter geschlagen, das wird ja was. Der alte Wolters, sagte sie, der ist auch solange geblieben wie du. Der wollte auch immer wissen, wo die Kinder stecken. Der hatte selber eins. Woher weißt du das, rief ich. Das hat er mitgeschleppt, sagte Dilse. Keine Ahnung, was mit der Frau war, jedenfalls war es immer dabei, das arme Kerlchen. Damals war der so alt wie ich, ich habe manchmal mit ihm gespielt, aber mit dem war irgendwas nicht in Ordnung. Nicht viel los. Dem hat das hier nicht gefallen. Und wie hat der alte Wolters gearbeitet mit dem Kind am Rockzipfel, fragte ich. Der ist am Tag mit dem Kleinen Muscheln suchen gegangen, und abends hat er mit den Alten gesoffen, sagte Dilse. Und ob, rief der alte Mann aus dem Fenster schräg über Dilse und beugte sich weit heraus, und den Kleinen hat er in eine Hängematte geschnallt, der konnte nur schlafen, wenn es schaukelte. Kannten Sie ihn gut, fragte ich rasch, aber das war schon zuviel, er wich zurück ins Zimmer. Und bei den reichen Schnepfen mußte er vorsprechen, sagte Dilse, die haben ihn ausgequetscht, wie es eben ihre Art ist. Hatte er denn auch ein Stipendium, fragte ich, und Dilse zuckte mit den Schultern.

Plötzlich konnte ich nicht mehr aufhören zu fragen, warst du als Kind auch so gut auf der Sackpfeife, fragte ich, eine Frage drängte die nächste, ich schaute auf den grünen Schleim, der unter der Plane hervorquoll, und fragte immer schneller, wie war es früher hier, habt ihr die alte Inselsprache gesprochen, hatte Wolters recht, und ist das wirklich dein Onkel, der da oben, und dann sah ich Dilse ins Gesicht, aber sie hatte die Augen geschlossen und die langen Arme im Nacken verschränkt.

Nach einer Weile sagte sie, Lester kennt einen, der hat hier früher die Muscheln gesammelt. Nicht die braunen, die noch überall liegen, sondern silbern glänzende mit rosa Rand, ganz zarte feine. Die hatten auch alle in der Mitte ein Loch. Er hat sie aufgefädelt auf lange Schnüre und dann die Schnüre aneinandergebunden, meterlange Schnüre hat er sich gemacht, und die hat er gesammelt. Einen ganzen Schuppen voll hatte er am Ende. Er wollte daraus eine Art Girlande für die Insel machen, um die ganze Insel wollte er die Schnüre legen, immer am Ufer entlang. Die Muscheln waren winzig, wer weiß, wie viele er für eine Schnur brauchte. Und, rief ich, hat er es geschafft. Die Muscheln gingen aus, sagte Dilse, es gab einfach keine Muscheln mehr. Schau dich um, wenn du am Strand bist. Nur noch die braunen. Es hat nicht gereicht. Sehr zur Enttäuschung der Gemeinde. Man hatte ihn unterstützt.

Die kleine Dilse muß mit dem kleinen Wolters gespielt haben. Der kleine Wolters mißmutig und schlaff zwischen den Algen am Strand, aus wässernden Augen, die trüb sind vor Vitaminmangel, schaut er der kleinen Dilse zu, das sich mit seinen langen Armen und seinen starken Fingern auf Felsen hochzieht, durch Spalten kraxelt, flache Steine über das Wasser springen läßt und dann wieder beiläufig um den kleinen Wolters herumstreicht, willst du mit zu den Bojen, ich zeig dir die vertrockneten Krebse. Der kleine Wolters duckt sich angewidert in den Sand und zählt leise vor sich hin, bis sein Vater wiederkommt, er wollte nur rasch mit einem der Männer am Hafen reden, der sich mit den Farben des Seetangs besonders gut auskennt.

Der kleine Wolters kennt sich mit Seetang nicht aus, er findet Seetang widerwärtig, den warmen fischigen Gestank, die glitschigen Gummiranken, die sich um seine Stiefel kringeln, er findet auch die Muscheln und Krebse widerwärtig, die ihm das Dilsekind vor die Füße legt, die trockenen stinkenden Schalen und Scherben, für ihn ist es Müll, die ganze Insel ist voll von Müll. Sein Vater hat ihn hierher gebracht, er sieht den Müll nicht, er stapft mitten hindurch und schreibt sich alles auf und kommt nachts nicht in sein Zimmer, wenn er ruft, weil die Träume ihn aufwecken. Er sitzt dann mit geradem Rücken auf dem Boden unter der Hängematte, damit er nicht wieder einschläft, und schaut auf den Vorhang, der das Zimmer nicht dunkel macht, und zählt leise vor sich hin.

Mit Marte muß ich mich jeden zweiten Freitag treffen, nachmittags, wenn der Himmel ockergelb wird und die Laternen in Martes Park gut zur Geltung kommen. Die Auffahrt führt in breiten Schwüngen durch Birkenwäldchen bis zu ihrem Anwesen. Im Frühjahr blüht hier ein Meer von Osterglocken, sagt sie, das sollten Sie sehen. Ich weiß nicht, wo die Steine geblieben sind, die sonst die ganze Insel bedecken, sie hat wohl alles entfernen lassen, der Boden sieht satt und feucht aus. Die Birkenstämme sind so weiß, daß jemand sie gewaschen haben muß. Marte holt mich bei Tesen ab, aber achten Sie doch ein wenig darauf, daß wir uns nicht in die Arme laufen, sagte sie, nicht daß ich etwas gegen ihn hätte. Die Freitagstreffen waren Martes Vorschlag gewesen, wir sollten uns nicht aus den Augen verlieren, hatte sie mir auf einen Briefbogen notiert, lassen Sie uns an Ihren Erkenntnissen teilhaben. Ich hatte nicht den Eindruck, daß ich absagen konnte.

Beim ersten Mal hielt sie mit ihrem Geländewagen direkt vor der Garage, wo ich voll wütender Begeisterung in meine Sackpfeife blies und nichts hörte außer dem dröhnenden Jodeln der Pfeifen und dem beharrlichen geraden Summen des Borduns, ich war berauscht, die Töne schienen klarer und trugen weiter als sonst, bis Marte mit den Fäusten gegen das Blechtor schlug und mich, als ich erhitzt das Tor hochstemmte, scharf tadelte, ist das wirklich etwas für Sie, das ist ja ohrenbetäubend. Ich hätte vorher aufhören und mich umziehen sollen, sie hatte diesmal keine Gummistiefel an, sondern glänzende silbergraue Stadtschuhe, und sie musterte mich, meine Haare, die sich an den Enden zu kräuseln beginnen vom feuchten Wind, meine Finger, schon an den Kuppen verhornt vom Spielen, ohrenbetäubend, sagte sie noch einmal, und nun kommen Sie.

Im Kaminzimmer hatten sich einige Damen in den Polstermöbeln verteilt und tranken Mokka. Die junge Forscherin, riefen sie, als wir eintraten, und ich begriff plötzlich, daß ich geprüft werden würde, und bereute die Schlammränder an meinen Schuhen, die ich nur nachts ausziehe. Setzen Sie sich zu uns, riefen die Damen, und eine rückte auf dem üppigen Sofa zur Seite und klopfte einladend auf die Kissen. Ich schob mich zwischen Beistelltischen und kupfernen Leselampen durch und setzte mich erhitzt auf den für mich vorgesehenen Platz. Die Plaudereien der Damen versiegten, und als ein Mädchen mit gestärkter Schürze und zurückgekämmten Haaren mir von hinten eine Mokkatasse reichte, ruhten alle Augen auf mir. Ich gebe es zu, meine Finger, die das zarte Tässchen umspannten, zitterten leicht.

Marte schlug mit einem Silberlöffel gegen die Zuckerdose, obwohl sowieso niemand sprach, und rief, wir freuen uns, daß wir Sie bei uns haben dürfen, ein geschultes Auge, ein fremder Blick auf die Welt, die wir gewählt haben, das ist es, was unseren Geist wach hält. Die anderen Damen nickten, und ich sah, wie sich ihre sorgfältig geschminkten Augen kaum merklich weiteten, sie befeuchteten ihre Lippen, manche nahmen Schlückchen aus Wassergläsern. Sie sahen wach aus. Wir sind eine kleine Gemeinde, abgeschieden, ja abgeschnitten, fuhr Marte fort, doch wir pflegen den Blick über den Tellerrand. Die Damen beugten sich vor, keine ließ mich aus den Augen, sie griffen die Armlehnen fester und legten die Köpfe schräg. Die Zeitungen, sagte ich, gut, daß es die Zeitungen gibt, aber Marte schüttelte den Kopf, nein nein, junge Freundin, wir brauchen Fleisch und Blut, und plötzlich lachten alle herzlich und erhoben die Mokkatassen, und ich spürte, wie sich die Muskeln in meinen Oberschenkeln verhärteten. Sie haben sicher Ihre Aufzeichnungen mitgebracht, sagte Marte, wir wollen alles hören. Alles, stimmten die anderen Damen ein und rückten näher.

Ich stellte die Mokkatasse ab und räusperte mich. Ich bin ja nicht die erste, die sich die Erforschung des Insellebens zur Aufgabe gemacht hat, sagte ich, der ehrwürdige Professor Wolters, o ja, riefen die Damen beifällig, unser Wolters, der hatte was zu erzählen. Nicht wahr, da haben wir eine gute Wahl getroffen. Ich blickte verwirrt in die rotbackigen Gesichter, gesund sahen sie aus und schelmisch, Steffel, hol das Album, rief Marte, und Steffel mit der weißen Schürze kam mit einem in Leder gebundenen Fotoalbum, das die Damen hochhielten und ausgelassen beklatschten, als sei es eine Trophäe, schauen Sie, schauen Sie, hier sind sie alle.

Auf einem unscharfen Schwarzweißfoto bückte sich eine Gestalt in Regenjacke und kniehohen Gummistiefeln über einen riesigen Fisch, da ist unser Wolters, angeln konnte der, und hier, da spricht er zu uns, ein kühner Denker war er, wir fördern das. Und hier der Koweleit, ein Dichter, wißt ihr noch, der wollte immer allein sein, aber wir haben uns um ihn gekümmert, und das ist der Muschelmann, wie hieß er noch, der wollte die Insel schmücken, rosa Girlanden, ganz hochzeitlich, und sie lachten, aber es ist nichts daraus geworden. Wir haben ihm zwar Dampf gemacht, aber zwingen kann man nur die Fischer, die Künstler mögen das nicht. Also mußten wir ihm kündigen. Wieso kündigen, fragte ich, was heißt das. Meinen Sie etwa, fragte Marte augenzwinkernd, wir zahlen teures Geld, wenn wir nichts geboten kriegen? Sie blätterten und zeigten, die waren alle schon unsere Gäste, Meeresforscher, Vogelkundler, Geologen, Meteorologen, Größen aus Wirtschaft und Politik, Musiker, die Poseidon-Sinfonie mit dem wunderbaren Hornsolo ist Ihnen sicher ein Begriff, in eben diesem Raum uraufgeführt mit Bruder Oskar am Klavier. Und Sie dachten, Sie sind die erste.

Auf den Bildern erkannte ich niemanden, die Gestalten waren versteckt hinter Schals und festgezurrten Kapuzen, und während Steffel die Poseidon-Sinfonie auflegte, fing ich schnell an zu sprechen, ich befasse mich mit den sprachlichen Besonderheiten der hinteren Inselgruppe, zu den vorderen Inseln ist ja schon gearbeitet worden, die Konsonanten, ja, mich interessieren die Endkonsonanten, und meine Arbeitsthese ist, daß die alte Inselsprache phonetisch interferiert mit der heute gesprochenen, aber das wird doch niemanden interessieren, dachte ich, niemanden außer Professor Losten. Doch die Damen wollten alles wissen, sie fragten mich nach Alter und Merkmalen der Inselsprache, nach meiner Methodik, nach Vergleichen mit anderen Sprachen, sie saugten meine spärlichen Bemerkungen auf, machten sich Notizen, fragten weiter, und plötzlich fragte eine, und wieso lernen Sie dann Sackpfeife. Diese Musik hat in ihrer Intensität und ihrer schriftlich kaum fixierten Traditionalität bemerkenswerte Parallelen zur alten Inselsprache aufzuweisen, sagte ich und war selbst überrascht über meine Antwort. Kurz war es sehr ruhig. Dann sagte Marte beiläufig, das könnte sich schädlich auf Ihre Arbeiten auswirken. Denken Sie an unseren Wolters.

Als wir in Martes Geländewagen durch die frisch gewaschenen Birken davonfuhren, drehte ich mich noch einmal um. Das Kaminzimmer war festlich erleuchtet, und auf dem Dach sah ich, halb verdeckt hinter Schornsteinen, eine riesige Satellitenschüssel. Was war denn mit Wolters, fragte ich Marte. Wir haben Ihnen mit großem Vergnügen zugehört, sagte Marte. Ich hatte Krämpfe in beiden Oberschenkeln. Diese Prüfung hatte ich bestanden, aber die nächste stand unausweichlich bevor.

Der kleine Wolters hatte es nicht leicht, sagen die Damen. Mit dem kleinen Wolters war nicht viel los, sagt Dilse. Tesens Frau glaubt, er war langsam im Kopf. Der hat nie was gesagt, meinte sie neulich, der saß da nur und schob Steinchen hin und her, das ist doch nicht gesund. Der hätte doch wenigstens spielen können. Mit wem denn, fragte ich. Damals gab es ja noch Kinder, sagte Tesens Frau, ein Kind im Netz ist schwerer als ein Hecht, wie es so schön heißt, das können Sie beim alten Wolters nachlesen. Und wo sind die jetzt, fragte ich. Was sollen die hier, sagte Tesens Frau, hier ist doch nichts. Ja, und wo sind sie, beharrte ich. Es gibt Stipendien, sagte Tesens Frau, man schickt sie aufs Festland, da lernen sie was, das richtige Leben, nicht so wie hier, hier ist doch das Ende der Welt. Ein neues Jahrtausend hat angefangen, und wir spielen Sackpfeife. Und wer zahlt die Stipendien, fragte ich und kannte die Antwort schon, die Gemeinde natürlich, der Bruder-Oskar-Gedächtnisfonds, die Kinder sind gut versorgt, die haben eine Zukunft. Und Sie nicht, fragte ich. Sie sind zu neugierig, sagte Tesens Frau, wir dachten alle, Sie wollten nur ein Buch schreiben. Und jetzt lernen Sie sogar Sackpfeife.

Ich ging zum Hafen hinunter, setzte mich auf eine Plastikbank und hielt mein Gesicht in den feinen Regen. Er hatte keine Tropfen und legte sich, ein feuchter lauwarmer Schleier, auf meine Haare, auf den rissigen Asphalt der Quaimauern und auf die Mützen der Hafenarbeiter. Die meisten von ihnen kannte ich aus der Schlange im Supermarkt oder aus Dilses Straße. Inzwischen nicken sie mir zu, wenn sie ihre Mofas abspritzen und ich mit meiner Sackpfeife vorübergehe. Freitags zeigt Marte mir den einen oder anderen, wenn wir durch den Ort fahren, der schneidet meine Rhododendren, sagt sie, und der hat eine Leberzirrhose, wir haben ihn nach drüben geflogen zur Behandlung, dafür gibt es Mittel und Wege, aber glauben Sie, man dürfte ein Wort des Dankes erwarten?

Ich ließ mich vom Regen einnebeln, summte unter meiner Kapuze und schaute zu, wie die Männer Kisten trugen, Taue aufrollten und Zigaretten in der hohlen Hand rauchten, einer strich seinen Kutter mit brauner Farbe. Ich hätte gedacht, man kann nur bei Sonnenschein streichen, sonst wird doch alles naß. Nichts gehört ihnen, dachte ich, sie haben Stipendien auf Lebenszeit. Auch ich könnte hierbleiben, jeden zweiten Freitag müßte ich die Schuhe putzen und eine Prüfung ablegen, gelegentlich meinen Eltern einen Brief schreiben, nach einigen Jahren dann nicht mehr, in der Garage Sackpfeife üben, auf dem Dach vielleicht eine Satellitenschüssel, darüber ließe sich mit Tesen reden. Mit Dilse würde ich auf der Treppe Zigaretten teilen, irgendwann würden mich alle grüßen, es könnte gehen. Ich wäre nicht die Beste, aber ich könnte Melodien summen, mich an die eingelegten Gurken gewöhnen, ich wüßte Vierunddreißig in der Nähe. Vielleicht bekäme ich ein Kind und ließe es aufs Festland schicken. Ich würde es nicht vermissen. Der Regen verfestigte sich zu kleinen Schlägen.

ACHT

Wenn ich auch nicht sagen kann, daß ich auf dieser Insel schlecht behandelt wurde, muß ich doch gestehen, daß ich mich sehr vernachlässigt fühlte, nicht ohne eine gewisse Verachtung.

Jonathan Swift, *Gullivers Reisen*

Es ist vorbei. Nach einem Vierteljahr auf Achtundzwanzig habe ich das Sackpfeifen erlernt, einen umfangreichen bedeutungslosen Aufsatz verfaßt und mein Stipendium vollständig aufgebraucht. Seit drei Tagen ist Zanka da. Seit zwei Tagen streiten wir uns. Tesens Frau beginnt, mich zu umsorgen. Nach der Pfeifennacht stellte sie Kannen mit kaltem, schwarzem Tee und Salzgurken vor meine Garage. Es wird Zeit aufzubrechen.

Die Vorbereitungen für die Pfeifennacht wurden getroffen, ohne daß ich davon wußte. Letzte Woche überreichte mir Dilse dann eine Dose mit einer durchsichtigen Creme. Jetzt wird es ernst, sagte sie, und ich wußte, daß nun die wichtigste Prüfung bevorstand. Am Samstag. Vorher mußt du den Sack füttern. Ich roch an der Dose. Gelatine, Aspirin, Glycerin und Honig, sagte Dilse, das gießt du in den Sack und läßt es wirken. Muß das sein, fragte ich. Du willst dich doch nicht zum Gespött der Leute machen, sagte Dilse.

Auf einmal schienen mehr Leute als sonst auf den Straßen zu sein. In einem Vorgarten hockten Männer, die blaue Plastikplanen in Streifen schnitten und an langen Leinen befestigten. Jemand nagelte in Kunststoff eingeschweißte Plakate an die Strommasten. Der Supermarktverkäufer mit dem öligen Gesicht hängte eine Lichterkette mit grünlich glimmenden Plastikpfeifchen ins Schaufenster. Vom Hafen kamen Frauen mit alten Einkaufswagen, in die Bierkästen gerammt waren. Ein Ereignis kündigte sich an.

Vor meiner Garage paßte Marte mich ab. Die Namen der anderen Damen habe ich bis heute nicht gelernt. Natürlich habe ich die eine oder andere schon allein getroffen, im Ort, eine sogar am Strand, wo sie bis zu den Knien im Tang stand und mit einem Fernglas auf die Wolken schaute. Ich kann sie immer noch nicht auseinanderhalten, sie haben alle gepflegte Haare und Lodenhosen und große, goldene Ohrringe. Sie nicken mir zu, so wie die Achtundzwanziger, aber mehr auch nicht, bis zum nächsten Freitag im Herzen der Gemeinde, wenn Steffel die Mokkatassen reicht und ich der begehrte Mittelpunkt der Runde bin. Den Achtundzwanzigern nicken sie nicht zu, auch umgekehrt ist das so, und manchmal fühle ich mich geehrt, von beiden Seiten nickend zur Kenntnis genommen zu werden.

Marte hatte ihren Geländewagen vor der Garage geparkt und winkte mich ins Auto. Ich kletterte auf den Beifahrersitz. Sie kurbelte sorgfältig ihr Fenster herunter, klopfte mit den Knöcheln auf das Lenkrad und sagte, darf ich ganz offen sein. Lassen Sie die Finger von der Pfeiferei, dafür haben wir Sie nicht bezahlt. Aber ich habe Ihnen doch von meinen Hypothesen berichtet, rief ich, das ist alles theoretisch abgesichert. Sie haben es doch selbst gesagt, der Blick über den Tellerrand, sogar der alte Wolters wußte das. Ich lebe doch nicht im luftleeren Raum. Und auch Sie nicht. Marte sagte, ich lebe in meinem eigenen Raum, und dort ist die Luft sehr viel besser. Meine Liebe, Sie laufen zum anderen Lager über. Sie glauben wie Wolters, Sie könnten bei denen dazugehören, aber Sie irren sich. Man wird Sie zum Gespött machen. Eben nicht, rief ich, aus nächster Nähe studiere ich die örtlichen Gepflogenheiten. Machen Sie sich doch nichts vor, unterbrach Marte, Sie tuten in ein Holzrohr. Denken Sie an Wolters. Ich denke oft an Wolters, rief ich, er hat ein wichtiges Buch geschrieben. Sie irren sich, sagte Marte.

Trotzdem übte ich in meiner Garage. Nachdem Marte davongefahren war, spielte ich bis nachts, fing gleich am nächsten Morgen vor dem Frühstück wieder an und hörte nicht auf, bis die Spucke aus den Löchern tropfte, sich der Sack mit meinem Atem rundete wie ein riesiger Ballon und ich alle Melodien nacheinander in einem einzigen unnachgiebigen Dröhnen durchspielen konnte. Ich fütterte den Sack mit Dilses Honigmasse. Am Freitag schob ich die Garagentür hoch und rief laut, ich schaffe es, und Tesen, der die verrostete Regenrinne mit Klebeband umwickelte, drehte sich zu mir um, und es sah so aus, als lächelte er mir zu.

Am Samstag wehten über allen Straßen blaue Plastikstreifen, die Plakate luden ein zur Großen Pfeifennacht im Turnsaal, Leute schleppten Bänke durch den Ort, und als ich am Vormittag im Supermarkt Kekse holen wollte, traf ich Tesen, den wortkargen Tesen, der mit einer Flüstertüte auf und ab lief, heute nacht, heute ist die große Nacht. Mir schwoll das Herz vor Stolz, denn ich würde dabeisein.

Gegen neun kamen die Leute aus ihren Häusern. Die meisten hatte ich noch nie gesehen. In Grüppchen gingen sie zum Turnsaal, leise redend unter Regenschirmen, die sich sonst im Wind nach außen stülpen, aber nicht an diesem Abend. Ich sah schmale wendige Alte, Frauen mit getrockneten Gesichtern, Männer mit naßgekämmten Haaren. Niemand war fett, und niemand war jung. Der Turnsaal war außen mit einer schlecht verputzten Dämmschicht verkleidet und sah aus wie eine große Gefrierbox. Man hatte auch ihn mit blauen Wimpeln geschmückt und mit Bänken und Tischen vollgestellt. In einer Ecke war ein riesiger Tresen aus Preßspanplatten zusammengenagelt worden, hinter dem sich Kisten mit Bier, Sprudel und Kartoffelschnaps türmten. Ich weiß nicht, wer sonst hier turnt, es waren keine Turngeräte zu sehen, nur an der Decke baumelten zwei aufgerollte Taue. An solchen war ich früher behende bis nach oben geklettert, die Füße um den Strang geschlungen, man konnte unter der Decke leicht schwingen und auf die Turnmatte spucken, die tief unten nur noch ein kleines Rechteck war. Das war damals, als ich noch alles konnte.

Inzwischen trafen sich in einer Ecke doch Jüngere, eine davon war Steffel, die ich fast nicht erkannt hätte, weil sie eine goldglänzende Bluse trug und sich die Haare wild um den Kopf gebauscht hatte. Überhaupt leuchtete es an allen Tischen frisch gestärkt, glattgebügelt, ein Geruch von Haarfestiger und Weichspüler lag über dem Saal, also müssen sie doch alle Waschmaschinen haben, dachte ich, wie wenig ich doch über sie weiß, und ich sah an mir herunter und fand mich plötzlich schäbig. Die Schuhe hatte ich geputzt, aber sie waren klobig, und Zankas Pullover habe ich, seit ich auf Achtundzwanzig bin, fast ununterbrochen getragen, einzelne Fäden haben sich aus den Ärmeln gelöst, und er hing stumpf und ausgeleiert an mir herunter. So kann ich mich hier nicht blicken lassen, dachte ich, verstaute die Sackpfeife in einer Ecke hinter den Sprudelkisten und eilte aus dem Saal.

Dilse rief hinter mir her, wo willst du hin, ich muß mich doch umziehen, rief ich, auf jeden Fall muß ich mich umziehen, aber sie hielt mich an der Schulter fest, Unsinn. Wozu das denn. Ich schaute sie an, ihre leuchtend roten Schnürstiefel, ihre borstigen Haare und ihr glattes Inselgesicht. So kann ich nicht spielen, rief ich und verlor plötzlich die Fassung, man wird sich über mich lustig machen, schau doch, Dilse, ich falle ja jetzt schon auf, alle starren mich an. Nur weil du so schreist, sagte Dilse, meinst du, im Abendkleid spielst du besser. Mit Daumen und Zeigefinger umschloß sie fest mein Handgelenk, komm, es geht los. Ich versuchte, mich aus ihrer Umklammerung zu winden, aber sie zog mich rasch in den Saal.

Eine wächserne Wärme, vermengt mit einem leichten Geruch nach Turnschuhen, schlug mir entgegen. Der Ausschank hatte schon begonnen, am Tresen drängten sich schweigend die Männer, während die Frauen an den Tischen ihre Haare betasteten. Ich sah, wie Steffel ihren Tischnachbarn zuprostete, und blieb stehen. Dilse schüttelte meinen Arm und sagte ungeduldig, jetzt hol die Pfeife, du hast es so gewollt. Ich wollte bloß mitspielen, sagte ich, es ging um die Musik. Eben, rief Dilse, und die fängt gleich an, was meinst du, warum alle hier sind. Hol die Pfeife. Warum hast du dir solche Mühe mit mir gemacht, flüsterte ich. Weil du mich bezahlt hast, rief Dilse ungehalten. Als sie mein Gesicht sah, löste sie endlich den Griff um mein Handgelenk und sagte, außerdem habe ich immer schon gern mit komischen Kindern gespielt. Sie ging zwischen den Tischen durch, immer wieder grüßend, zu der Gruppe von Spielern, die sich in der Mitte des Saales versammelt hatte. Ich holte die Sackpfeife und ging langsam hinterher.

Immer noch kamen Leute von draußen, nahmen Mützen und Hüte ab und schickten einen prüfenden Blick in die Runde. Der Mofaverkäufer suchte sich einen Platz, hinter ihm sah ich Dilses angeblichen Großonkel. Tesen und seine Frau saßen an einem Tisch mit alten Rollstuhlfahrern, es mußte eine Gruppe aus dem Altersheim sein, eine Schwester zupfte von hinten Wolldecken fest, während die Alten fachmännisch ihre Nasen über den Kartoffelschnaps hielten und zu Steffels Tisch hinübernickten. Die

Spieler standen schweigend im Kreis und fingerten an ihren Pfeifen herum. Ich stellte mich neben Dilse, die mich nun keines Blickes mehr würdigte, und versuchte, auch an meinen Pfeifen zu hantieren, aber meine Finger begannen zu schwitzen, ich wurde von einer plötzlichen Kraftlosigkeit in die Knie gezwungen und sank auf die nächste Bank. Ich schaute auf meine Hände und auf die Sackpfeife, die sperrig auf meinem Schoß ruhte. Das Herz schlug mir bis in die Schläfen.

Gerade als ich die Frau neben mir fragen wollte, wann es anfing und ob es eine feierliche Eröffnung gäbe, verstummte das Gemurmel schlagartig, kein Glas klirrte mehr, und völlige Stille legte sich über den Saal. Ich stand schnell auf, drängelte mich errötend zwischen die Spieler und holte noch Luft, als schon vier feste Fußschläge den Takt setzten und aus den sechsunddreißig Pfeifen von zwölf Sackpfeifen der erste Ton von ohrenbetäubender Metallik in die Luft stieß, eine Fabriksirene, ein mächtiger Alarm. Ich zuckte zusammen, duckte mich unter dem Klang und suchte zugleich den Ton, aber schon war der nächste gefallen, die Melodie kam in Gang, ich erkannte sie auch, und nach zwei oder drei bangen Minuten geriet ich hinein, die Finger fanden die Löcher, der Sack wölbte sich, und ich spielte mit.

Ohne Übergang kippte das erste Stück in das zweite, das konnte ich auch, es war ein schwerfälliger, dumpf heulender Trauermarsch, zu dem mir Dilse nichts hatte erklären wollen, was soll ich dir sagen, du mußt es eben spielen, hatte sie gesagt. Es war mir schwergefallen, den eigenartigen, langsam schwingenden Rhythmus zu halten, und ein wenig komisch war mir das inbrünstige Dröhnen in meiner Garage auch vorgekommen. Aber nun fügten sich dreizehn wehmütige Klangsäulen zu einer schimmernden Architektur, ich schloß die Augen, und während meine Sackpfeife mit den anderen würdig Schritt hielt und Ton für Ton gemächlich in die Luft stieg, begann ich, heimlich zu frohlocken.

Der Marsch klang aus, und als ich die Augen wieder öffnete, sah ich direkt in Martes Gesicht. Sie stand auf der anderen Seite des Saals, noch in Mantel und Mütze, gleich neben den Kisten mit dem Sprudel, den noch niemand angerührt hatte. Jetzt erst fiel mir auf, daß sonst keine der Damen erschienen war. Schnell wandte ich den Blick ab. Es gab keinen Applaus, aber die Leute hatten sich alle zu uns hingedreht und nickten aufmerksam mit den Köpfen. Auch Dilse nickte unmerklich zu mir herüber. Die anderen Spieler räusperten sich und traten von einem Fuß auf den anderen. Ich hätte mich gern kurz hingesetzt, aber schon hörte ich wieder den Takt, ohne zu sehen, wer ihn vorgab, füllte meine Lungen und wartete auf die Melodie.

Es war wie Dauerschwimmen. Als ich noch alles konnte, war ich natürlich auch eine gute Schwimmerin gewesen, ich übte kraulen, während die anderen Kinder sich mit Plastikgießkännchen Wasser über den Kopf gossen, und hatte fünf Ringe vom Beckenboden geholt, bis sie sich die Schwimmflügel hatten anlegen lassen. Mein Vater hatte mich beim Kinderschwimmen angemeldet, um mich an das Gruppenleben zu gewöhnen, und saß mit einem Pulverkaffee hinter einem Panoramafenster, das für Eltern und Freunde des Wassersports schräg über den Becken eingerichtet war. Ich sah von unten, wie er geduldig eine Stunde lang sein Gesicht an die Scheibe preßte und nach meiner gelben Latexkappe Ausschau hielt. Manchmal hob er grüßend die Hand, wenn er meinen Blick zu spüren glaubte, aber ich schaute selten hoch und auch kaum zu den anderen hinüber, die im Kinderbecken auf der Hand des Lehrers Brustschwimmen übten. Statt dessen zog ich stetig meine Bahnen.

Anfangs zählte ich noch, weil mein Vater hinterher danach fragte, aber dann vergaß ich alles um mich, berauscht vom Dröhnen der Unterwasserpumpen, durch Druck auf den Ohren und einen Chlorschleier vor den Augen abgekapselt gegen die Rufe und Jauchzer der anderen Kinder. Irgendwann blieben nur noch mein eigenes Atmen und die gedankenlosen Stöße von Armen und Beinen. Wenn die Stunde vorbei war, kniete sich der Schwimmlehrer an den Beckenrand, wartete, bis ich angepflügt kam, und klopfte mir auf den Kopf, um mich aus dem Wasser zu holen. Ich setzte mich an den Rand. Um mich herum war alles schärfer und klarer als sonst, ich sah die Rillen zwischen den Fliesen, die Sandkörner im dunklen Beton und die weißlichen Hautfalten in meinen aufgeweichten Fingern.

Und genauso war es bei der Großen Pfeifennacht. Ich wußte, daß mich die Achtundzwanziger nicht aus dem Blick ließen, daß die anderen Spieler auf meinen ersten Fehler warteten, daß mein abgeschabter Pullover schlaff an mir herunterhing und daß Marte neben dem Eingang die Finger leicht über die Ohren gelegt hatte und mit zusammengekniffenen Augen das Treiben beobachtete. Ich wußte, daß die Männer sich Kartoffelschnaps in den Rachen kippten und die Frauen sich wunderten, wieso ich in klobigen Schuhen zur wichtigsten Festlichkeit der Insel und wieso ich überhaupt gekommen war. Aber es war mir egal. Mein Kopf hatte sich geweitet und geleert und pulsierte vor Sauerstoff wie der Sack unter meinem Ellbogen. Meine Trommelfelle vibrierten, alles um mich verschwamm, und durch den Nebel von weit entferntem Gemurmel und Gläserklirren strahlte nur der Klang der dreizehn Sackpfeifen.

Die Sackpfeife braucht einen unnachgiebigen Luftstrom. Ständiges Blasen führt zu einem Zustand permanenter latenter Hyperventilation, also einer Überversorgung des Hirns mit Sauerstoff, die bei dem Betroffenen rauschähnliche Schwindelgefühle und mentale Absenzen erzeugen kann. So steht es jedenfalls in meinem gelehrten Artikel, der daraufhin eine gewagte Parallele zur insularen Artikulation der Frikative versucht, aber nur in der Fußnote. Ich weiß nicht, wie es den anderen ging. Dilse hielt sich bis zur Pause aufrecht und sah, wenn ich rasch hinüberguckte, verschwitzt und konzentriert aus. Auch die anderen verzogen keine Miene. Allen, die noch Haare hatten, hingen die Strähnen feucht in die Stirn, und ein schmaler Älterer mit besonders schlanken Fingern strich sich immer wieder mit dem Handrücken über die ledrige Stirn. Ich sah ihnen den Rausch nicht an, aber sie müssen es auch gespürt haben, das Gefühl, unter Wasser unerbittlich so lange dasselbe zu tun, bis man nicht mehr aufhören kann, die Lungen zum Platzen gefüllt. Jeder stand für sich, aber zusammen waren wir eine Maschine, die Pfeifen unser Motor, es gab keine Pausen mehr zwischen den Stücken, wir spürten die Finger nicht mehr, eine Melodie sprang in die nächste. Ich kann nicht sagen, ob ich glücklich war, so wie ich meinem Vater nie hatte antworten können, wenn er mir ins feuchte Haar griff und fragte, und hat es Freude gemacht.

Auf einmal brach alles ab. Sie ließen die Sackpfeifen sinken, auch ich, obwohl ich kein Zeichen bemerkt hatte. Ich öffnete die Augen und sah eine Weile benommen auf den Boden, zweiundzwanzig makellose Festschuhe, ein Paar polierte Schnürstiefel und zwei klobige Wanderschuhe in einem ordentlichen Kreis. Mein Blick war geschärft, ich sah die Schrammen auf dem Bodenbelag und die Schlieren der Pflegecreme auf den Schuhen meines Nachbarn. Ich wollte die anderen an den Händen packen und an den Schultern rütteln und mit ihnen anstoßen, wenigstens mit ihnen anstoßen. Wieder klatschte niemand. Der Mann mit den langen Fingern schüttelte die Spucke aus seiner Sackpfeife, legte sie zur Seite und ging, während die anderen Spieler sich an den Tischen verteilten, quer durch die Halle zu Marte.

Ich stand da, allein und etwas zittrig, bis Dilse kam, gar nicht so schlecht, meinte sie. Ich setzte an, um vom Unterwasserschwimmen zu reden und von der Klangkathedrale, aber als ich den Mund aufmachte, zog sie mich auf eine Bank, schob eine Flasche mit Kartoffelschnaps zu mir herüber und sagte, ja ich weiß, sie bringen das Herz zum Schmelzen, diese Pfeifen, und jetzt amüsier dich, und schon war sie auf und davon, fädelte sich durch das Gedränge, ihr schaute keiner nach, obwohl sie mit ihren borstigen Haaren und ihren Stiefeln nicht aussah, als hätte sie immer hier gelebt. Vielleicht hätte sie sich mit Lerke gut verstanden, dachte ich plötzlich, aber Lerke hätte zu viele Fragen gestellt, sie nimmt zuviel Anteil. Das habe ich mir hier wohl abgewöhnt, dachte ich und schaute hinüber zu den Sprudelkisten, wo Marte vorhin gestanden hatte. Sie war verschwunden.

In der Halle hatte sich etwas verändert. Die Leute redeten lauter, viele hatten rote Gesichter und feuchte Haare, als ob sie selbst mitgespielt hätten. Ich konnte es kaum aushalten, schweigend auf meiner Bank zu sitzen. Schließlich hatte ich mich bewährt, es mußte mir doch jemand gratulieren. Ich versuchte, Gesprächsfetzen um mich herum zu erhaschen, aber die Leute hatten die Köpfe einander zugewandt und sprachen schnell, ich konnte nicht einmal die Endkonsonanten ausmachen. Tesen und seine Frau waren nicht zu sehen, überhaupt schien ich plötzlich niemanden mehr zu kennen, nur noch Dilse in einer fernen Ecke, die ein jüngerer Achtundzwanziger in einer engen Umarmung hielt, das könnte Lester sein, und über allem hing noch der Klang der dreizehn Sackpfeifen. Ich hätte den Fotoapparat mitnehmen sollen, dachte ich, und dann kamen mir plötzlich die Tränen, ich weine zu oft in letzter Zeit. Ich stand schnell auf, um draußen ungesehen zu heulen, das wollte ich denen nicht gönnen. Jemand rief noch hinter mir her, was ist mit dem Instrument, das läßt man nicht einfach so herumliegen. Klau es doch, wollte ich sagen, aber ich konnte nicht sprechen, ich schüttelte nur den Kopf und drängte mich durch die Achtundzwanziger.

Marte kam mir entgegen, hinter ihr mein Mitspieler mit den schlanken Fingern, der versuchte, sie am Mantel zurückzuhalten. Sie breitete die Arme aus und rief sehr laut, da sind Sie ja. Sie kommen jetzt mit mir. Ich hielt inne und hörte, wie es hinter mir in der Halle still wurde. Ich wußte es, rief Marte, Sie hätten die Finger davonlassen sollen, schauen Sie sich doch an. Der Achtundzwanziger zerrte an ihrem Ärmel, aber sie schüttelte ihn ab, wofür haben wir Sie eigentlich bezahlt. Ich drehte mich um. Hinter mir hatten sich die Achtundzwanziger erhoben und rückten näher. Das Instrument, rief wieder jemand, das liegt hier einfach herum, aber ein Zischen brachte ihn zum Schweigen. Raus hier, sagte der Achtundzwanziger leise zu Marte. Marte stemmte die Hände in die Hüften, dann rief sie nach Steffel. Ich weiß nicht, was Steffel mit der Angelegenheit zu tun hatte, jedenfalls war sie verschwunden oder hatte sich verdrückt.

Marte verlor die Fassung. Steffel, schrie sie, Steffel, wenn du nicht auf der Stelle gehorchst, und sie ballte die Fäuste und stampfte mit dem Fuß auf. Die Achtundzwanziger begannen zu murmeln. Ich glaubte, Tesens Stimme zu hören.

Ich habe keinen Fehler gemacht, rief ich. Das reicht nicht, hörte ich von hinten. Sie wissen doch, wem Sie verpflichtet sind, schrie Marte. Plötzlich entstand ein heftiges Gewühl, jemand schubste mich nach vorne, Marte stand steif im Eingang und schrie, Glas zersprang, ich rief nach Dilse und lag auf einmal mit dem Gesicht nach unten in Scherben, rappelte mich hoch und rannte mit blutigen Händen nach draußen, durch den kaum beleuchteten Ort, bis zu meiner Garage.

Dort blieb ich zwei Tage. Zuerst riß ich die Muschelschnüre von der Decke und zerstampfte sie zu einem feinen Mehl. Dann wischte ich mir die Hände ab, drehte den Heizkörper hoch, räumte den Klappstuhl zur Seite und rollte mich auf einer Decke zusammen. Noch in derselben Nacht, bevor das Tageslicht durch die Ritzen drang, bollerte jemand gegen das Garagentor. Ich harrte aus, bis es wieder ruhig wurde, dann döste ich vor mich hin und muß wohl auch geschlafen haben. Geträumt habe ich nicht. Irgendwann hörte ich Tesens Frau rufen, Besuch für Sie. Ich stand auf, klopfte mir den Muschelstaub vom Pullover und schob das Tor hoch. Draußen standen Kannen mit schwarzem Tee, zwei Schalen mit eingelegten Gurken und Zanka. Zanka, sagte ich. Wo hast du dich denn versteckt, sagte er.

Am ersten Tag stritten wir nicht. Wir verrammelten die Garage von innen mit alten Gummireifen. Ich war so erleichtert, ihn zu sehen, daß ich immer wieder seinen Namen sagte. Plötzlich fand ich es wunderbar, daß er Zanka hieß und nicht Tesen oder Lester oder Oskar, solch einen wunderbaren Namen zu haben, sagte ich, weißt du eigentlich, wie gut du es hast. Er wußte es nicht und hat es noch nie gewußt, aber es stimmte, er hatte es gut, er roch wie immer nach Vanille und an den Händen nach Leder, vielleicht von dem lederumhüllten Steuerrad seines Motorbootes, mit dem er nach Achtundzwanzig gekommen war. In der Tasche seines Jacketts hatte er ein Taschenmesser mit fünfzehn Klingen und ein neues Handy, ich muß natürlich erreichbar bleiben, sagte er. Seine Tasche hatte er bei Tesens Frau abgestellt, die sich nun ständig in der Nähe der Garage herumtrieb, wir hörten das Geräusch ihrer Hausschlappen und auch Tesens Säge direkt hinter der Blechwand. Ich wollte Zanka nicht hinauslassen. Also konnte er sich nicht frisch machen, und mir war das recht, ich war ja auch nicht frisch, und meine Handflächen waren blutig. Du riechst wie abgestandenes Bier, sagte er und zupfte an einem der Fäden, die sich aus meinem Ärmel gelöst hatten, aber am ersten Tag machte es nichts, ihm nicht und mir nicht, er schien sich wirklich an mir zu freuen.

Wie habe ich dich vermißt, sagte er, aber das konnte nicht stimmen, bei aller Liebe, ich erinnerte mich noch zu genau, wie er mich rasch hinter das Ohr küßte und sich davonmachte, ins Büro oder zur nächsten Frau, ich hatte es vergessen, aber nun fiel es mir wieder ein. Mir fiel auch wieder ein, was wir im Bett gemacht hatten, nur daß wir in der Garage kein Bett hatten, und in mein Zimmer wollte ich nicht, ich wollte nicht gesehen werden und gehört schon gar nicht, und die Sperrholzwände von techa hätten gegen Zankas Schreie nicht viel ausrichten können. Hier gab es wenigstens die Geräusche des Windes. Man versteht ja sein eigenes Wort nicht, sagte Zanka, aber es machte nichts, am ersten Tag hatten wir wenig Gelegenheit zum Reden. Wir aßen auch nicht, die Gurken von Tesens Frau ließ ich draußen stehen, der Regen fiel hinein und vermengte sich mit dem Essigsud. Zanka hatte eine Flasche dabei, aus der er gelegentlich einen großen Schluck nahm, ich konnte nicht, es würgte mich beim Trinken. Meine Kehle fühlte sich roh an, als bekäme ich bald Halsweh, oder vielleicht war sie aufgerauht von den Luftmengen, die ich stundenlang in die Sackpfeife gepumpt hatte.

Ich wollte auch am zweiten Tag nicht reden, ich wollte mich mit Zanka auf der alten Decke vor den Gummireifen wälzen und vergessen, wo wir waren. Als Zanka irgendwann sagte, so, und jetzt eine schöne Dusche, weigerte ich mich, ihn ins Haus zu bringen, du kannst ja selbst hineingehen, du warst ja schon drinnen. Was haben dir denn die Leute getan, sagte er, also zu mir waren sie freundlich, obwohl ich mir diese Inselfrauen etwas anders vorgestellt hätte, nicht so ausgemergelt, verstehst du, und er machte in der

Luft eine runde Handbewegung und zwinkerte mir zu. Du kennst sie nicht, sagte ich und zog mich an.

Und du, kennst du sie etwa, sagte Zanka. Nur ihre Endkonsonanten, sagte ich. Ich wußte, daß wir uns nun streiten würden. Ich habe noch nie mit Zanka gestritten, auch nicht, als er nicht mit auf die Inseln wollte. Wir waren uns nicht einig, aber es gab Platz zum Ausweichen. Tesens Garage ist zu eng. Was hast du denn die ganze Zeit hier getrieben, sagte Zanka, verschollen warst du, man hat so allerlei erzählt. Zanka kannte niemanden, der ihm über mich erzählt haben könnte. Wer, fragte ich. Das tut doch nichts zur Sache, sagte Zanka. Du verschwindest ja auch immer, sagte ich. Das ist etwas völlig anderes, rief Zanka, du machst dich aus dem Staub, du meldest dich kein einziges Mal, du machst mich und dich lächerlich, und wofür das alles? Für ein paar Endkonsonanten.

Zanka, sagte ich und versuchte, nicht zu schreien, ich habe dich hundertmal gefragt, ob du mitkommen wolltest. Ich habe dir hundertmal gesagt, daß ich auf die Inseln reisen werde. Das kann ja jeder sagen, rief Zanka. Wieso bist du überhaupt hier, rief ich, ich denke, du hast nur zwei Wochen Urlaub im Jahr und willst schön weit weg. Es ist ja wohl meine Sache, wo ich meinen Urlaub verbringe, rief Zanka, und außerdem hast du ein krankhaftes Gedächtnis, du merkst dir alles, das ist doch nicht gesund. Ich riß die Garagentür auf. Ein feuchter Nebel lag über dem Hafen. Ich kann mir Besseres vorstellen, rief Zanka und wies mit einer großen Geste auf die braun getünchten Boote, die flachen Häuser und die Schnüre mit den blauen Plastikstreifen, die immer noch schlaff über den Straßen hingen, sehr viel Besseres. Es zwingt dich keiner, rief ich, keiner zwingt dich, hier zu sein. Zanka trat kopfschüttelnd in den Nebel. Ganz in der Nähe der Garage zerrte Tesen geschäftig an einem Kabelstrang, der aus dem Boden ragte, und Zanka rief ein wenig zu laut zu ihm herüber, haben Sie warmes Wasser im Haus.

Wir hätten ausgehen sollen, dann wäre es anders gekommen. Zanka hätte sich ablenken können, wir hätten etwas Kräftiges bestellt, angestoßen, andere hätten zugesehen, wir hätten uns nicht unterhalten, und ich hätte nicht von der Großen Pfeifennacht erzählen müssen. Als Zanka aus der Dusche trat, muß Tesens Frau ihm die Preisliste für Übernachtung mit Frühstück in die Hand gedrückt und gefragt haben, wie es mir denn jetzt gehe, es täte ihr leid, und man habe das ja nicht in der Hand. Was hatten die nicht in der Hand, rief Zanka, als er zurückkam. Mich, sagte ich. Ich wußte, daß es gar keinen Sinn hatte, etwas zu erklären. Ich versuchte es mit techa, der Gemeinde und der Sackpfeife, und eine Zeitlang hörte er auch zu, aber dann dehnte er sich und wippte mit dem Fuß, wie es seine Art ist, Sackpfeife, sagte er, was soll denn das sein, ich denke, du forschst.

Vielleicht hätte ich ihm etwas vorspielen sollen. Statt dessen zeigte ich ihm den Aufsatz, den ich noch vor der Pfeifennacht mühsam auf Tesens altem Computer abgeschrieben hatte. Aber das wäre schon nicht mehr nötig gewesen, Zanka hatte das Interesse verloren und sich in eine merkwürdige Empörung hineingesteigert, die ihm schlecht zu Gesicht stand, du pustest ein halbes Jahr lang in einen Sack, sagte er, während in der Welt Kriege toben. Bisher hat sich Zanka nie für die Kriege in der Welt interessiert. Er ließ nicht mehr locker. Bomben fallen, rief er, Kinder hungern, und du stehst mit irgendwelchen Dorftrotteln in einer Turnhalle und pustest in einen Sack. Angewidert trat er gegen die Autoreifen. Und was tust du, rief ich, ja was tust du überhaupt, du hast mir nie verraten, womit du dein Geld verdienst. Noch nie haben wir über Geld geredet. Zanka wurde stumm vor Wut. Ich legte ihm die Hand zwischen die Schulterblätter und sagte leise, eigentlich wollte ich ja nach Vierunddreißig. Ich dachte, so könnte ich ihn besänftigen, aber er murmelte nur, achtundzwanzig, vierunddreißig, das ist doch Jacke wie Hose.

NEUN

Die Insel da, auf der ihr seid, ist keine Insel; sie ist ein großer Fisch, der mitten im Meere feststeht. Sand hat sich auf ihm abgelagert, so daß er nun wie eine Insel aussieht und Bäume auf ihm gewachsen sind. Als ihr das Feuer auf ihm anzündetet, da merkte er die Hitze und bewegte sich. In diesem Augenblick wird er mit euch in die Tiefe versinken, und dann werdet ihr alle ertrinken.

Geschichten aus tausendundeiner Nacht

Ich vermisse Dilse und Tesens Kartoffelschnaps. Seit ich Achtundzwanzig verlassen habe, schlafe ich wieder schlecht. Vielleicht liegt es auch an den harten Matten. Ich hätte einen kleinen Vorrat an Schlaftabletten einstecken sollen. Auf Zweiunddreißig gibt es keine Läden. Zanka vermisse ich nicht.

Er hat mich schweigend hierher gefahren. Tesens Frau hat ihn für die drei Nächte in der Garage den vollen Tarif für Übernachtung mit Frühstück zahlen lassen. Ich wartete auf seinen Einspruch, aber er suchte nur stumm und mit vorgeschobenem Kinn nach passenden Scheinen. Dann wollte Tesens Frau sich von mir verabschieden, aber wir wußten beide nicht, was wir sagen sollten, schön, daß Sie bei uns waren, hätte nicht gepaßt, vielen Dank für alles auch nicht. Also sagte ich, die Glühbirne in der Stehlampe muß erneuert werden, und sie, haben Sie nichts vergessen, und dann sagte ich noch, den einen nehmen die Möwen, den anderen nehmen die Robben. Tesen war nirgends zu sehen. Zanka nahm immerhin meinen Koffer, ich trug den kaputten Laptop, und so gingen wir den Hügel hinunter zum Hafen. Von Dilse und Marte habe ich mich nicht verabschiedet. Als ich mich noch einmal umdrehte, sah ich die grelle Fahne vor techa, rot wie Nagellack im Bleistiftgrau.

Neben dem braunen Kutter lag Zankas Motorboot. Es hieß Chéri. Die Reling war frisch poliert, die Scheiben der Kajüte blank, vorn am Bug flatterte ein Wimpelchen. Danke, Jungs, sagte Zanka zu den Hafenarbeitern, die sich am Boot herumtrieben, der eine rieb noch mit einem weichen Tuch am Heck die letzten Ölflecken weg. Sie nickten und verschränkten die Arme, gutes Stück, meinte der eine, und ich wartete mit einer Spur von Neid, ob er noch mehr sagen und mit Zanka ins Gespräch kommen würde. Zanka mußte ihn bezahlt haben. Aber das war alles.

Als wir den Hafen verließen, fuhr mir sofort ein heftiger Wind durch die Haare, die lang geworden waren. Zanka hatte sich eine Schirmmütze in die Stirn gezogen und sah störrisch aus. Er hielt Kurs auf die nächsten Inseln. Das Boot hob sich über die Wellen, mein Magen sprang auf und ab, jeder Schwung machte mich angenehm atemlos. Zanka, rief ich, wir heben ab, aber er hörte mich gar nicht. Ich schaute zurück und summte eine der Melodien, die mir in den Kopf wehte, ehe ich mich versehen hatte. Das Summen hörte niemand, es blieb tief in meiner Kehle, und der Wind machte meine Augen wäßrig. Ich schloß beide Hände um die Reling und spürte das Metall an der noch kaum verheilten Haut.

Später holte Zanka Sekt aus dem Bordkühlschrank, natürlich hatte er anstoßen wollen auf meine Heimführung, das hätte er sich nicht nehmen lassen. Noch einmal versuchte ich, seinen Ärger zu ergründen, aber er wehrte ab, wenn du lieber auf den Inseln hockst und Liedchen pfeifst, bitte, dann laß dich nicht aufhalten. Ich habe wirklich anderes zu tun. Wütend hoben wir die Gläser, in denen der Sekt schwappte. Durch die schmalen blanken Fenster sah ich schon die Silhouette der Insel Neunundzwanzig. So nah an Vierunddreißig war ich noch nie, dachte ich und warf mein Sektglas ins Meer. Die kosten nicht wenig, sagte Zanka. Er war ruhiger geworden, aber mehr sprachen wir nicht.

Neunundzwanzig, Dreißig und Einunddreißig lagen dicht beieinander und schienen bewaldet zu sein, die silbrigen Basaltstreifen waren gesäumt von einer dunkelgrünen Borte. Vor Zweiunddreißig drosselte Zanka den Motor. Du solltest dich nördlich halten, rief ich, aber er steuerte direkt auf die Insel zu, schon sah ich das felsige Ufer, zwei Landestege, Holzschuppen, Zanka, rief ich, hier ist nichts. Meine Rede, sagte er, du kannst gern mit mir zurückkommen. Ich muß nach Vierunddreißig, rief ich, das weißt du, komm weiter, es ist noch ein ganzes Stück. Eben, sagte Zanka, das Benzin reicht nicht, bei aller Liebe. Ganz im Ernst, dies ist deine letzte Chance. Bleib an Bord, wir drehen um, heute abend sind wir in der Stadt und vergessen die ganze Angelegenheit. Wir gehen schön essen, du machst deine Prüfungen, wie alle anderen, und im Sommer fliegen wir irgendwohin.

Ich schüttelte nur den Kopf. Wir küßten uns flüchtig auf die Backen, bevor er umdrehte, ich habe das nie gemocht, die Nasen berühren sich, die Lippen schmatzen ins Leere, aber Zanka konnte es gut und winkte mir, als ich auf dem Landesteg stand, nicht unfreundlich mit seiner Schirmmütze zu. Also gut, du hast es so gewollt, melde dich, wenn du zurück bist, rief er noch, und ich meinte, ein Bedauern in seiner Stimme zu hören, aber bei dem Wind konnte ich nicht sicher sein.

Zweiunddreißig gehört Jote. Er ist nicht vermögend und hat die Insel weder gekauft noch gepachtet, aber seine Leute haben sie vermessen, gezeichnet und fotografiert, umgegraben und mit Furchen durchzogen. Jote sitzt abends vor den Verschlägen, in denen sie die Nächte vertrinken, und teilt die Insel auf seinem Zeichenrahmen in Quadrate ein. Ich darf ihm dabei zusehen. Drinnen singen seine Leute, Archäologen, Grabungsarbeiter, er nennt sie Graber. Meine Graber, sagt er. Es klingt, als hielte er sich eine Horde Maulwürfe. Jote gräbt auch mit. Wenn es regnet, stülpt er sich einen großen blauen Müllsack über, in den er Löcher für die Arme und den Kopf geschnitten hat. Die anderen tragen Regencapes, Gummistiefel und wasserabweisende Hosen. Jotes bauschige graue Locken schrumpfen im Regen zu festen Ringeln, die ihm am Schädel kleben wie nasse Pfeifenreiniger. Ich habe ihn gefragt, warum er nicht in voller Ausrüstung arbeitet wie die anderen, und er sagte, ich habe so mehr Spielraum.

Sie hocken den ganzen Tag im Moor. Wenn ich am frühen Vormittag zu ihnen stoße, sehe ich sie schon von weitem, Männer mit Kapuzen, die geschäftig in der flachen Leere herumeilen, und zwischen den Aushubhaufen Jotes alten Kopf. Zwei von ihnen stechen den Torf herunter, bis nur noch eine schmale Erdschicht den Fund verbirgt. Dann legen sie Bretter über die Furche, knien sich darauf und kratzen mit bloßen Händen die Erde beiseite. Ihre Finger sind dick vor Hornhaut und dunkelbraun vom Torf. Schneller geht es nicht, sagt Jote, Metallwerkzeug könnte den Fund verletzen, das dauert eben. Er hat mir nicht angeboten zu helfen, aber ich bringe ihnen Thermoskannen mit Tee und halte mich in der Nähe auf. Ich will mir gar nicht da unten in den sumpfigen Pfützen die Fingernägel aufreißen, aber ich kann mich vom Anblick der Graber nicht trennen, und ehe sie mich wegscheuchen, mache ich mich lieber ein bißchen nützlich, soweit es in meiner Macht steht.

Ich habe auch schon angeboten, ihnen das Abendessen zu kochen. Sonst wechseln sie sich ab, und derjenige, der kochen muß, schält sich mißmutig aus seinem Cape und schimpft leise vor sich hin, als sei es eine Beleidigung, die Grabung früher verlassen zu müssen. Ich dachte, ich könnte ihnen das ersparen, und wühlte in der Vorratsecke nach Kochbarem. Schließlich schälte ich zehn Zwiebeln und zwanzig Tomaten und wartete noch vor dem mickrigen Gasflämmchen auf das Nudelwasser, da kamen sie schon und zogen sich die verschlammten Gummistiefel von den Füßen. Ein süßlicher Schweißgeruch verbreitete sich in der Baracke, während sie sich zum Waschen anstellten, es gibt nur eine Dusche, aus der ein brackiges Rinnsal kommt, ich habe es auch schon versucht. Man darf nicht zuviel Seife nehmen, sonst bleibt auf der Haut ein glitschiger Film zurück, gegen den das lauwarme Wasser nicht ankommt.

Was machst du denn da, sagte einer von ihnen, ein Großer mit gutmütigen Händen, mit denen er mich an den Schultern umfaßte und vom Herd wegschob. Ich wollte alles vorbereiten, sagte ich, und er lachte, du hast keine Ahnung. Er holte riesige Plastiktüten mit gefrorenen Fleischstücken aus einer hinteren Kammer, wuchtete zwei große Pfannen auf den Herd und briet einen Haufen Schnitzel. Meine Zwiebeln warf er auch ins heiße Öl, immerhin, dachte ich und sah ihnen beim Essen zu. Hinterher wuschen sie ab, sie nahmen von allem in Hülle und Fülle, Berge von Schaum quollen aus dem Spülbecken, und auf dem Boden stand das Wasser.

Im Moor schaben sie behutsam und geduldig. Wir müssen sie gleich abdecken, wenn wir sie freigelegt haben, sagte der Große, der Danni heißt und immer eine Cordweste trägt, Folie drüber, sonst reißen sie. Mir erscheinen die Holzbalken, die sie aus der Erde holen, unverwüstlich, aber sie werden versorgt und geschützt, als seien sie kostbare Stücke, so ist es, sagte Jote, handgefertigt vor zweitausend Jahren, schau, wie sie im Boden verankert sind. Zuerst konnte ich mir keinen Reim darauf machen, und keiner erklärte mir etwas. Sie wußten wohl nicht, was ich auf der Insel zu suchen hatte, es kommt sonst niemand vorbei, sie sind keinen Besuch gewöhnt.

Als ich vom Landesteg hochkam, unwillkürlich leicht geduckt in der Erwartung eines weiteren häßlichen Ortes mit Betonhäusern und Satellitenschüsseln, stieß ich gleich auf die Graber und ihren alten Weg quer durch das Moor. Ich wußte nicht, daß es hier Funde gibt, es war nirgendwo nachzulesen. Ich stand zwischen Heidekraut und Sonnentau, um meine Schuhe bildeten sich bräunliche Pfützen, und schaute auf die Männer in ihren Regencapes, die sich johlend mit Torfbrocken bewarfen. Manchmal sind sie ausgelassen und toben herum. Wenn sie mit beiden Beinen zugleich aufkommen, gibt es ein sattes Schmatzen. Ich sah ihnen eine Weile zu, bis Jote mit Thermoskannen von den Baracken kam und mich zu sich herüberwinkte.

Inzwischen haben sie mich eingeweiht, es ist ja kein Geheimnis, sagte Jote, irgendwann weiß es sowieso alle Welt. Jeden Mittag, bevor sie nach der Pause wieder hinuntersteigen, stehen sie kurz zusammen und schauen zurück auf die gerade Strecke aus breiten Bohlen, die vom Rand des Moores direkt in die Mitte führt, ein Weg aus altem Eichenholz. Dafür haben die damals einen ganzen Wald gefällt, sagt Jote, und ein anderer, der mich mit seinen roten wulstigen Lippen an Nessel erinnert und Simon heißt, zieht einen der Stöcke aus dem Boden, mit denen die Bohlen damals in den Untergrund gehämmert wurden. Der Stock ist unten spitz wie ein Nagel und cremeweiß, als wäre er gerade gebrochen worden. Die Graber scharen sich um den Stock, ich trete auch hinzu, und plötzlich oxidiert der Stock in Simons Hand zu einem Rostrot, dann zu einem tiefen Braun. Die Graber nicken sich zu, als die Zeit das Holz eingeholt hat. Ich sehe in ihren andächtigen Gesichtern eine Spur der Leidenschaft, die meinem Vater das Herz höher schlagen ließe.

Auch mir läßt sie das Herz höher schlagen, ich kann es nicht bestreiten. Ich sollte vielleicht aufpassen, das weiß ich, aber die Graber sind von meinem Schlag, ich denke, ich habe von ihnen nichts zu befürchten. Nur bei Simon bin ich mir nicht sicher. Ich schaue ihnen bloß ein wenig bei der Arbeit zu, bevor ich weiterfahre, und sehe, wie sie sich ganz allmählich vorwärts schieben. Manchmal gehe ich vorsichtig ein Stück ins Moor hinein, obwohl Danni mich schon gewarnt hat, du solltest dich vorsehen, die sind früher auch nicht einfach so hindurchgestapft, was meinst du, warum sie diesen Weg angelegt haben. Aber Jote sagt, der Weg war nicht für Fußgänger bestimmt, so einen Aufwand hätten sie nicht getrieben, für Wanderer gab es schmale Wege aus geflochtenen Matten, Haselzweige, das genügt. Hier war etwas Größeres im Spiel, eine Anfahrt für Wagen auf jeden Fall, vielleicht die Fortsetzung eines langen Weges. Ich dachte, auf einer Insel gäbe es keine Fortsetzung, jede Insel ist doch für sich. Wozu man hier Wagen hatte und wer sie hierher brachte, habe ich Jote gefragt, aber er weiß es nicht. Niemand weiß es, aber die anderen machen sich einen Spaß daraus, sich wilde Geschichten auszudenken: Die Insel war ein Treffpunkt für Torfwagenrennen oder ein Verladebahnhof für Fährschiffe oder vielleicht ein geheimnisvoller Landeplatz für unerhörte Fluggeräte, aber das war eine Geschichte für die späten Stunden.

Es wird immer spät bei den Grabern, Jote zieht sich irgendwann zurück auf seine Matte, die anderen sitzen mit schweren Gliedern und roten Köpfen in der überheizten Kochnische, die Fenster beschlagen. Manchmal nickt mir einer zu, oder sie schieben mir eine Dose Bier herüber, ich störe sie nicht, und wir wollen nichts voneinander. Einmal fragte ich sie nach der Insel Vierunddreißig, die natürlich auf ihren Plänen verzeichnet war, aber es gibt dort keine Funde, und sie fragten mich, was ich dort wollte. Schau hier, alles unmarkiert, sagte Simon, da ist nichts. Das habe ich auch gedacht, als ich hier ankam, sagte ich. Wie willst du dorthin kommen, fragte er, aber als er mein Gesicht sah und die frisch gestärkte Leidenschaft erkannte, zuckte er mit den Schultern.

Außerdem weiß ich schon, wie ich hinkomme. Jote hat mich in der Nachbarbaracke untergebracht, in der die Werkzeuge und die Folien liegen, bis der Müllfrachter kommt und mich weiterfährt, demnächst, sagte er, genaue Zeiten gibt es nicht, sie kommen, wenn wir sie brauchen. Simon brachte mir eine Matte und ein Heizöfchen, vor dem ich abends die klammen Strümpfe ausbreite, nichts drauflegen, sagte er, sonst brennt alles, das haben wir auch schon gehabt. Er rückte die Matte zurecht, schob das Heizöfchen hin und her und schaute zwischendurch immer wieder zu mir herüber, hier schläfst du also. Ich mußte ihn schließlich hinausschicken. Die Schuhe stopfe ich mit Zeitungen aus, die Feuchtigkeit sickert durch die Nähte, obwohl ich mir Dannis Stiefelfett ausgeliehen und eine fast fingerdicke Schicht auf das Leder gestrichen habe. Die Stiefel der Graber sind paarweise vor der Baracke aufgereiht, drinnen tragen sie riesige Wollstrümpfe, die sie bis über die Knie hochziehen können.

Ich habe Jote gefragt, wann sie fertig sind. Ich frage immer ihn, obwohl die anderen sich genauso auskennen, weil es die einzige Möglichkeit ist, seinen Blick auf mich zu lenken. Wir machen es nicht fertig, sagte er. Wir werden nicht alles ausgraben. Wir lassen den anderen etwas für später. Aber wie könnt ihr dann wissen, wozu der Weg gut war, fragte ich. Das wird man nicht herausfinden, sagte er, mein Verdacht ist, daß der Weg direkt ins Meer führt. Jote hat rechts und links des Weges Probegrabungen gemacht und nichts gefunden, gar nichts, sagte er, noch nicht einmal irgendwelche Gegenstände, und er stieß vergnügt seinen Spaten in die Erde und stach ein Stück Torf. Aus dem säuberlichen Schnitt sickerte Feuchtigkeit. In jedem anderen Boden könntest du hier den Sedimentationsverlauf sehen, sagte er, aber im Moor gibt es nur Moor. Und Sphagnum. Jote versiegelt seine Pläne und Zeichnungen in Klarsichtfolien, damit sie nicht schimmeln.

Wenn sie abends beim Essen sitzen und Berge fettiger Nahrungsmittel verschlingen, sehen sie aus wie eine Familie. Jote ist wohl doppelt so alt wie die anderen, aber er hat die glatte Haut eines Achtundzwanzigers und diese kräuselige Haarwolke, es ist schwer, sein Alter zu schätzen. Die anderen geben acht, daß es ihm an nichts fehlt, sie reichen ihm das Salz, obwohl alles reichlich gewürzt ist. Ich habe Danni dabei beobachtet, wie er mit einem Eßlöffel Salz in den Kochtopf schaufelte, so wie er Zucker direkt aus der Packung in seinen Kaffee schüttet, bis die Tasse überläuft. Jote gibt ihnen Arbeit, aber das kann nicht der Grund sein, sie tun mehr für ihn, als sie müßten, manchmal verbittet er sich sogar die Fürsorge, wenn ihm einer die Stiefel richtet oder ein Handtuch für die feuchten Haare bringt. Ich würde ihm auch gern etwas bringen.

Nachts, wenn ich nicht einschlafen kann, gehe ich manchmal hinüber in die große Baracke und setze mich in die Kochnische. Im Hintergrund tuckert der Generator. Ich fingere vorsichtig an den Sachen der Graber herum, halte mir Jotes schwere Kamera vors Auge, die mich an mein erstes Fernglas erinnert, und blättere in den Büchern, die sich auf dem Fensterbrett wellen und gespickt sind mit kleinen gelben Lesezeichen. Es riecht nach Spülmittel und Bratfett, und die Feuchtigkeit perlt von den Wänden. Ich lausche auf die Geräusche der schlafenden Graber. Einige Briefe habe ich auch erledigt, aber ich habe mich kurz gefaßt.

Meinen Eltern habe ich den Aufsatz geschickt und sie gebeten, ihn noch einmal abzutippen und Professor Losten zukommen zu lassen. Mein Vater wird ihn an sich reißen und die Haube von der Schreibmaschine nehmen, aber meine Mutter wird ihn überreden, eine Schreibkraft zu beauftragen, das muß ordentlich aussehen, wird sie sagen, wie gedruckt. Mein Vater wird es sich nicht nehmen lassen, den Aufsatz persönlich im Institut vorbeizubringen. Im Institut wird er nicht auf Professor Losten treffen, sondern auf die Mitarbeiter, die inzwischen mein Büro übernommen, das Emailleschild abgeschraubt und alles mit riesigen Computern und Druckern vollgestellt haben, ihre Regenjacken hängen an der häßlichen Garderobe aus Aluminium und tropfen auf den Teppich, und sie schauen meinen Vater, der gleich anfängt, von mir zu erzählen, belustigt und ein wenig schadenfroh an. Er faßt meine Forschungsergebnisse, die meinen Mitarbeitern nichts sagen, weil sie sich mit der Inselsprache nie beschäftigt haben, kurz zusammen und berichtet dann von meinem Stipendium, und sie stoßen sich unter dem Tisch zwischen den Druckerkabeln mit den Füßen an. Ich hoffe wirklich, sie halten den Aufsatz nicht zurück, ich bin ihn Professor Losten schuldig.

An Herrn Kohlhas habe ich auch geschrieben, nur ein paar Zeilen, über die Vorzüge der dendrochronologischen Datierung und daß ich ihm viel verdanke. Das muß reichen. Als ich den Brief gerade in den Umschlag schob, kam Simon in die Küche. Er holte sich einen Klappstuhl und setzte sich sehr dicht neben mich. Ich schreibe gerade, sagte ich schnell und griff nach dem Kugelschreiber. Du bist doch fertig, sagte er, oder. Er nahm meine Hand und öffnete die Finger. Der Kugelschreiber fiel auf den Tisch. Laß das, sagte ich und rückte von ihm ab, aber er hielt fest. Ich kann nicht einschlafen, sagte er, so wie du. Einen Augenblick verharrten wir, dann stieß ich ihn heftig nach hinten und sprang auf. Schon gut, sagte er.

Auf dem Festland würdest du uns nicht wiedererkennen, meinte Danni, in der Stadt sehen wir ordentlich aus, essen bescheidene Mengen und haben Freundinnen, Jote sogar Frau und Kind. Einzelkind, fragte ich. Keine Ahnung, sagte Danni, wir reden kaum darüber, er hat ein paar Fotos am Kopfende. Kann ich die mal sehen, fragte ich. Wieso denn das, meinte Danni, das gehört sich nicht, aber dann winkte er mich doch, als die anderen schon im Moor waren, in den Schlafsaal. Eine Matte glich der anderen, Wolldecken lagen gefaltet am Fußende, auf dem Boden Socken und Unterhemden. Neben Jotes Matte war ein kleiner Ständer mit einem Packen Fotos. Ich traute mich nicht, sie durchzusehen, aber das vorderste ließ mich stutzen, und ich ging in die Knie, um es genauer anzuschauen, das ernste Gesicht eines kleinen Jungen mit ruhigen Augen und sehr geraden Augenbrauen, die in der Mitte fast zusammengewachsen waren. Ich nahm es in die Hand, um zu sehen, ob es aus einem Buch ausgerissen war, aber die Ränder waren gleichmäßig gerade. Ich schaute das Gesicht an, bis Danni mich an den Haaren zupfte, wir sollten hier verschwinden, es gehört sich nicht, und dann sah er, daß mir die Tränen kamen, ich saß auf Jotes harter Matte, das Foto des Kindes in der Hand, und heulte.

Danni nahm mir das Foto aus der Hand, stellte es wieder auf den Ständer, strich Jotes Wolldecke glatt und führte mich zurück in die Küche. Ich konnte nicht aufhören zu weinen. Er klopfte mir ungelenk auf die Schulter, na was ist denn los, komm schon, soll ich dir einen Tee machen, und er warf Teebeutel in eine Kanne, während ich würgte und schluchzte und mir eine Hand vor den Mund hielt, damit es nicht so laut war. Während der Tee noch zog, die Graber trinken ihn stark wie Kaffee mit großen Mengen von H-Milch, zog ich mir die Jacke an, Danni schüttelte besorgt den Kopf, was ist jetzt mit dem Tee, und lief hinaus.

In ihrem Loch kauerten die Graber auf Brettern über der Holzstruktur und schabten Torf von den freigelegten Eichenbohlen. Ihre Köpfe hingen nach unten, die Haare bis in den Matsch, sie konnten mich nicht sehen. Von oben sah der Weg aus wie eine uralte Bahnstrecke, und ich konnte nicht glauben, daß er im Meer enden sollte. Ich nahm mir einen Spaten und ging hinaus ins Moor.

Sie hatten mich vor den kleinen Tümpeln gewarnt, die überall zwischen dem Heidekraut schillern wie aufgerissene Augen. In sanften Wellenlinien arbeitete ich mich vorwärts durch das weinrote Torfmoos. Das Schluchzen hatte aufgehört, ich würde es Danni erklären müssen. Irgendwo unter mir, in den tieferen Schichten des Schwarztorfes, wußte ich den alten Weg, auf dem niemand gegangen war. Ich wollte etwas finden, ein altes Werkzeug vielleicht, das ich Jote bringen könnte, vielleicht würden sie mich anheuern, nur eine Zeitlang, dann wollte ich ja weiter. Ich könnte Kartoffelpüree aus der Tüte essen und mit Danni kohlschwarzen Tee trinken. Aus Torf wird irgendwann auch Kohle.

Nach einer Weile wurde es mühsam, die Füße zu heben, sie sanken bei jedem Schritt tief in den Boden ein. Ich drehte mich um und hatte die Grabung aus den Augen verloren. Ein Stück wollte ich noch gehen, bald müßte ich in der Mitte der Insel sein. Über mir warfen sich Lerchen durch die Luft, die ersten Vögel, die ich außer Möwen auf den Inseln gesehen habe. Ich hätte mir Dannis Kompaß ausleihen sollen, er steckt an einer Uhrkette in einer Tasche seiner Cordweste. Die anderen erzählten, daß Dannis Cordweste von seiner Freundin Anja stammt, die an einer Tankstelle arbeitet, einer dieser blauleuchtenden Inseln, die es auf dem Festland gibt, aber nicht an der Küste, da mußten sie wieder zumachen, weil die Einheimischen lieber an den rostigen Zapfsäulen ihrer Nachbarn tanken. Auf Achtundzwanzig habe ich keine Tankstelle gesehen.

Jedenfalls sammelte Anja in ihrer Tankstelle alle Handschuhe, Schlüsselbunde, Pullover und Schals, die die Autofahrer nach einer Kaffeepause neben den Styroporbechern liegen ließen, und suchte für Danni die schönsten Stücke aus. Danni sträubte sich gegen seidene Halstücher und flauschige hellgelbe Strickjacken, aber die dunkelbraune Cordweste mit den Klebstoffspuren und den Brandlöchlein nahm er, ohne zu murren. Das muß schon eine Weile her sein, inzwischen ist sie nicht mehr dunkelbraun, sondern sherryfarben. Irgendwann meldete sich einer in der Tankstelle und wollte seine Cordweste zurück, aber Anja muß mit den Schultern gezuckt und gesagt haben, die wärmt jetzt jemand anderen.

Vielleicht, dachte ich, könnte ich auch für Danni etwas im Moor finden, ich würde sie gern überraschen, oder für mich, aber ich wußte natürlich auch, daß man nicht einfach mit dem Spaten ins Moor laufen und etwas finden kann. Und wenn ich doch etwas ausgrübe, würde ich es sicher falsch machen und die Stratigraphie zerstören, ein falsches Loch läßt sich nicht wiedergutmachen. Nichts ist so unvergänglich wie ein Loch, sagen sie. Natürlich, ich sollte besser die Finger davonlassen. Außerdem gab es ja nichts zu finden, Jote hatte es klar und deutlich gesagt, es gab nur Eichenbohlen, und von denen hatten sie schon genug. Ich drehte um und wollte zurück zur Grabung, doch es war schwierig, die Richtung einzuschätzen. Der Himmel war weißlich, und ein fischiger Wind, vermischt mit einem Geruch nach vertrocknetem Heidekraut und abgestandenen Pfützen, wehte aus allen Richtungen. Das Moor erstreckte sich bis an die Ränder meines Horizontes.

Verdammt, wo sind die jetzt, sagte ich laut zu mir selbst und fing an zu laufen, zurück, hoffte ich, aber ganz sicher war ich mir nicht. Ich weiß nicht, ob sie mich suchen würden, es würde ihnen vielleicht nicht auffallen, wenn ich nicht wiederkäme. Jote würde es sicher nicht merken, und die anderen würden denken, ich hätte keinen Appetit mehr auf gebratene Fleischstücke, ich könnte lange warten, noch nicht einmal Traubenzucker oder eine Taschenlampe hatte ich eingesteckt, oder eine dieser Lichtsignale, die wie Freudenfeuerwerke in der Dunkelheit explodieren. Zanka hatte mich abgeschrieben, Professor Losten hatte mich vergessen, meine Eltern übten sich in Geduld, Nessel und Lerke durften mich nicht besuchen. Ich war selbst schuld.

Ich rannte jetzt, rannte, bis ich Seitenstechen bekam. Früher hatte ich nie Seitenstechen, Langstrecken rannte ich gleichmäßig und mit erhobenem Kopf, damit der Atem besser durch den Körper strömen konnte, und überholte gelassen die anderen, die irgendwann am Rand hockten und über einen blutigen Geschmack in der Lunge klagten. Beim Rennen hatte ich den Spaten unter den linken Arm geklemmt, was mich ungeschickt mit dem rechten rudern ließ, und ich mußte auf die Tümpel und die feuchten Stellen aufpassen, kleine Sprünge brachten mich aus dem Rhythmus, bis ich keuchend stehenblieb.

Ein orangener Schimmer lag über dem Moor. Meine Schuhe hatten sich mit Torfwasser vollgesogen, es schwappte zwischen den Zehen und war in den Strümpfen lauwarm bis zur Wade hochgekrochen. Ich hörte unter der Kapuze meinen eigenen lauten Atem und hoch über mir in der weißlichen Luft das gurgelnde Trillern der Lerchen. Ich schloß die Augen. Mein Atem wurde langsamer. Ich wartete still in der Mitte der Insel.

Dann plötzlich drangen Hammerschläge von weit weg an mein Ohr, und eine kleine Enttäuschung beruhigte meinen Magen. Ich hatte mich nicht verirrt, und niemand mußte mich suchen. Plötzlich war mir sehr kalt, und ich folgte langsam den Geräuschen, bis ich die Baracken sehen konnte. Die Graber hatten schon die Kochtöpfe aufgesetzt, die Scheiben waren dicht beschlagen, und als ich eintrat, schlug mir Dampf mit Kümmelgeruch entgegen. Einer schnitt Zwiebeln, ein anderer verklepperte Eier in einer Plastikwanne. Wo kommen denn die Eier her, fragte ich Danni, der sich gerade eine dünne Zigarette drehte. Sein Gesicht war aufmerksam, seine Finger machten feine Zwirbelbewegungen. Du bist ja ganz blaß, sagte er, wo warst du denn, und er legte mir seine Weste um, die schwer wog, nach Rauch roch und etwas süßlich. Das Versorgungsboot war da, sagte er, aber du nicht, du hättest mitfahren können. Der hat noch eine Stunde herumgesessen und auf dich gewartet. Zum Nachtisch gibt es Pudding mit frischer Sahne. So schnell kommst du jetzt hier nicht mehr weg, rief Simon.

In der Nacht hörte ich, wie jemand langsam um meine Baracke herumging. Ich stand auf, legte mir eine Wolldecke über die Schultern und ging ans Fenster. In der dichten Dunkelheit war nichts zu erkennen. Ich wartete einen Moment, dann rief ich, Simon, bist du das? Als sich immer noch nichts rührte, schob ich das Gasöfchen vor die Tür und legte mich wieder hin.

Ich habe nichts zu befürchten, aber ich werde langsam ruhelos. Ich mache Fotos von den Grabern, deren Geduld mir allmählich übertrieben vorkommt. Seit ich da bin, haben sie sich höchstens einen halben Meter ins Moor vorgeschoben. Habt ihr schon mal an Bagger gedacht, habe ich Simon gefragt, aber er lachte nur. Plötzlich ärgerte mich seine Unangreifbarkeit. Willst du hier versauern, fragte ich, auf die Dauer ist das nicht bekömmlich, Pudding, Fleisch und keine Frauen. Mach dir mal keine Sorgen um uns, sagte er. Die Fotos könnten gelingen, ich gehe nah an ihre Gesichter heran und prüfe ihren Blick, diese unnachgiebige, ein wenig sture Aufmerksamkeit, mit der sie die Erde wegstreicheln und die Holzstücke unter ihren Fingern betasten. Sie wollten sich nicht knipsen lassen, vor allem Jote nicht. Ich fragte Jote nicht nach dem Foto im Schlafraum. Ich mußte ihm versprechen, daß die Funde auf den Fotos nicht zu erkennen sind. Vielleicht kann man sowieso gar nichts erkennen, es ist gut möglich, daß die Filme längst feucht geworden sind. Ich könnte sie meinen Eltern schicken, wenn das Versorgungsboot wiederkommt.

Das letzte brachte einen Waschkorb voller Post, und für mich waren zwei Briefe dabei. Der eine war natürlich von meinem Vater: Du bist immer in unseren Gedanken. Mit großer Neugier erwarten wir deinen Aufsatz. Wir trauen dir zu, daß du auch weiterhin deinen Weg gehst und dein Ziel nicht aus den Augen verlierst. Ich würde mich freuen, wenn du deine Reise bald abschließen und mich an deinen Erlebnissen teilhaben lassen könntest. Wir haben schon einen Besuch in Erwägung gezogen, aber die Anreise ist doch zu beschwerlich. In großer Liebe. Der andere war von meiner Mutter. Sie hatte einen kleinen Zettel eilig mit Kugelschreiber beschrieben: Dein Vater hat darauf bestanden, dir zu schreiben, obwohl es ihm zur Zeit schwerfällt. Aber er läßt sich nichts sagen, du kennst ihn ja. Trotzdem ein paar Zeilen von mir. Ich will dich nicht beunruhigen, aber du sollst doch wissen, was passiert ist. Er hat es mit dem Herzen. Wahrscheinlich schon länger, aber neulich hatte er eine Art Anfall, nicht schön, den Rest erspare ich dir. Sonst ist alles soweit in Ordnung. Dein Zanka hat angerufen, ob alles in Ordnung wäre, ich wußte nicht genau, was er meinte, aber ich habe ihm gesagt, daß alles soweit in Ordnung ist.

Das letzte in Ordnung hatte meine Mutter durchgestrichen und bestens darüber geschrieben. Jetzt denkt Zanka also, alles ist bestens. Mein Aufsatz ist offenbar nicht angekommen, eine Kopie habe ich nicht, und zu Hause ist alles soweit in Ordnung. Mein Vater schwankt im Türrahmen, stützt sich mit beiden Händen ab, geht dann auf dem Teppich in die Knie und krümmt sich, mein prächtiger Vater. Oder er läuft blau im Gesicht an, schon früher hatte er manchmal einen bläulichen Schimmer auf den roten Wangen.

Ich kann nicht aufhören, es mir vorzustellen, ich sollte es jemandem erzählen, aber wem.

Ich habe es mit Danni versucht, und er nickte und sagte, das ist der Anfang vom Ende, bei meinem Alten ging es auch so los, und ein paar Wochen später war er tot. Beim Angeln, Forelle am Haken, er muß mit ihr gekämpft haben, und plötzlich alles aus, hintenüber geschlagen, im Wasser hat man ihn gefunden, und die Forelle war auch tot. Ich werde nicht nach Hause fahren, sagte ich ihm. Das mußt du wissen, meinte er. Im Moment kommst du hier sowieso nicht weg. Das ist alles eine Frage des Willens, sagte ich.

Ich habe einen tröstlichen Brief angefangen und ihn wieder zerrissen, weil meine Mutter mich heimlich und gegen den Willen meines Vaters eingeweiht hat. Mein Vater will sicher nicht, daß ich ihn tröste. Er wird wieder zu Kräften kommen, den kriegt niemand so schnell klein. Danni kennt meinen Vater nicht.

Er saß bei den anderen, kratzte sich mit einem Streichholz Torf unter den Fingernägeln weg und redete über den alten Weg. Ein Verkehrsnetz, sagte er, das sich über alle Inseln erstreckt, ich halte das für möglich. Wir denken, die Inseln sind schwer zugänglich, aber wir vergessen die Schiffahrt, die Wasserwege. Wasser und Land gehören zusammen. Die Inseln gehörten alle zu einem großen Verkehrsverbund. Auch die Vierunddreißig, fragte ich dazwischen. Warum denn nicht, fragte Danni zurück, was ist denn so besonders an deiner Vierunddreißig. Also brauchen wir Grabungen auf allen Inseln, sagte ein anderer, und sie stritten sich über Gelder und Bodenbeschaffenheiten. Basalt, dachte ich, aber so einfach war es nicht, es gab unzählige Arten von Basalt, Basalt mit mehr oder weniger Pyroxen, feinkristallinen oder körnigen, Plateaubasalt, brasilianischen und isländischen Basalt, und plötzlich merkte ich, daß ich sehr wenig über Basalt wußte. Vielleicht sollte ich mehr über Basalt wissen, sagte ich zu Danni, und er wollte mir gleich etwas zu lesen holen, Basalt ist nur ein Oberbegriff, sagte er, eine grobe Einordnung, damit kommst du nicht weit.

Sie redeten noch eine Weile über Basalt, während ich auf der Tischplatte Essensreste und Brotkrümel zu kleinen Haufen zusammenschob, und dann über vulkanisches Gestein im allgemeinen, über Lava, über saure und basische Lava, Fladen-, Strick- und Gekröse-Lava, Schollen-Lava, dann über Schollen, über Heringsfang, Fischerei, Insel Dreiundzwanzig, wo jemand namens Felten eine riesige Lachsfarm betreibt und in einem Aquarium die ältesten Lachse, die keiner mehr kaufen will, zehn Jahre alte moosige Geschöpfe, zur Schau stellt. Er nennt es Feltens Lachspalast und verteilt am Hafen Handzettel. Sie liegen Flanke an Flanke im algigen Wasser und glotzen durch das Glas.

Niemand ißt auf den Inseln Fisch, sagte ich, und gleich riefen sie, wer hat dir denn das erzählt, im Gegenteil, auf Siebzehn zum Beispiel essen sie nur Fisch, manche von ihnen leiden an Eiweißvergiftung, weil sie nur Fisch essen, gebraten, gesotten, geräuchert, eingelegt, Fischpastete, Fischsoße, Fischkuchen, zum Frühstück schon in Butter geschwenkter Aal, man kann das mögen. Auf Achtundzwanzig gab es nur eingelegte Gurken, sagte ich. Achtundzwanzig ist eben auch nicht Siebzehn, sagten sie. Aber eben habt ihr doch noch gesagt, die Inseln hängen alle zusammen in einem großen Verkehrsverbund, rief ich, aber schon erzählten sie weiter, wußtet ihr, daß man früher glaubte, die Inseln seien die morschen Zähne eines Meergeschöpfes. Es soll im Wasser vor der Küste gehockt und große Fische, Delphine und Robben verschlungen haben. Darum gibt es hier auch kaum noch welche. Irgendwann wurde es alt, seine Haut legte sich in riesige Falten, seine Augen wurden gelblich, seine Zähne morsch. Sie brachen ihm aus dem Kiefer und blieben im Wasser liegen.

Sie konnten nicht mehr aufhören. Danni redete von den Inselfahrern, Mönchen und Heiligen, die auf klapprigen Booten in See stachen und den Verlokkungen der Inseln widerstehen mußten, der Insel der Frauen, natürlich alle nackt und mit schwellenden Brüsten, der Insel des Schlafes, der Insel der Lachenden, über der wie eine Wolke das helle Lachen der Seligen schwebte. Das kann nicht Achtundzwanzig gewesen sein. Simon wußte von einem Straflager auf den Vorderen Inseln, in dem die Verbrecher des Festlandes gezwungen wurden, sinnlose Trockensteinmauern quer durch die Felder zu ziehen. Ich hörte zu und dachte dabei immer wieder an meinen Vater und an den verlorengegangenen Aufsatz. Jote schüttelte den Kopf und sagte kaum etwas, aber er blieb in der Kochnische sitzen. Sie tranken nicht mehr als sonst auch, Rotwein aus dem Plastikkanister in großen

Bechern, aber sie fuchtelten mit den Armen und redeten, als wären sie besoffen, undeutlich und mit zu lauten Stimmen. Ich saß neben Danni, wich seinen wedelnden Händen aus und versuchte, schräg über die Weingläser Jotes Blick einzufangen, aber er schaute an die Decke und hörte den anderen zu.

Das Gerede führt zu nichts, jeder erzählt etwas anderes. Ich sollte mich wieder auf die Bücher besinnen. Ich sollte zurück aufs Festland fahren, in Ruhe alles nachlesen, meinem Vater die Stirn mit Lehmkompressen kühlen und dann mit Zankas Geld ein Motorboot mieten, das mich ohne Umwege nach Vierunddreißig bringen würde. Aber Zanka wird mir kein Geld leihen. Ich vermisse ihn nicht. Und ich werde nicht zurückfahren.

ZEHN

Als sie nachher von dort weitersegelten, fanden sie eine sehr steile Insel, aber einen günstigen Hafen, um die Insel zu betreten, fanden sie nicht.

Das Leben des Heiligen Brendan

Als der Müllfrachter kam, saß ich gerade am Landesteg und probierte die Schwimmwesten der Graber an. Ich sah ihn schon von weitem auf uns zuhalten und rannte hinauf zu den Baracken, um meine Sachen zu packen, da kamen sie mir schon mit prallen Müllsäcken entgegen, aus denen Bratenfett und flüssiger Kaffeesatz troff. Ich lief durch leichten Wind, er war sanfter und wärmer als sonst. Merkst du das, rief Simon mir zu, es wird Frühling, und er schwang den Müllsack über die Schulter. Der warme Wind gefiel mir, aber es gab keinen Grund, aus dem Häuschen zu geraten, bloß weil man im Wind stehen konnte, ohne blau anzulaufen. Die Leute auf den Inseln sind entweder verstockt oder zu dankbar. Ich finde das übertrieben, rief ich Simon zu, als er wieder hochkam, unter Frühling stelle ich mir etwas anderes vor. Was denn, sagte Simon, während er alte Obstkonserven und Senfgläser in Kartons packte.

Ich überlegte, so genau wußte ich es nicht mehr, die letzten Frühjahre hatte ich im Institut verbracht. Wir hätten die Fenster öffnen können, aber die Mitarbeiter hatten Heuschnupfen und saßen mit geröteten Augen und wunden Nasen an ihren Schreibtischen, ein offenes Fenster hätte sie endgültig erledigt. Ich habe noch nie Heuschnupfen gehabt, aber im Institut begann ich erste Anzeichen zu spüren, ein Jucken in den Nüstern, ein sandiges Gefühl in den Augen, das ist es, sagte Nessel zufrieden, als er mich bei den tocharischen Lexika dabei beobachtete, wie ich mir unablässig die Bindehäute rieb, bis mir wäßrige Tränen in den Augen standen, jetzt hast du es auch. Nessel litt nicht daran, weil er zu selten im Institut war, und Lerke, die ich oft in der Bibliothek zwischen hoch aufgetürmten Büchern schreiben sah, war nie krank, ich bin nicht anfällig, sagte sie.

Nur einmal, auch im Frühjahr, bekam sie eine Lungenentzündung, die sie lange im Bett hielt, ich besuchte sie öfters und wehrte Nessel ab, der die Zeit zu Ausflügen und Stelldicheins nutzen wollte, sie merkt es doch nicht, rief er, ich kann doch nicht immer um sie herum sein. Er wurde ungeduldig, als Lerke noch nach Wochen flachatmig durch die Wohnung schlurfte und sich am Türrahmen und am Lesesessel abstützte, draußen ist es herrlich, rief er vorwurfsvoll, komm, wir versuchen ein paar Schritte, aber Lerke blieb blaß auf dem Sofa sitzen und trank Gemüsebrühe, die ich ihr gemacht hatte. Ich tat das gerne, ich saugte unter ihrem Bett, drehte an ihrem Radio herum und saß auf einem Stuhl neben ihr, obwohl wir uns nicht unterhielten. Einmal brachte ich ihr sogar Forsythienzweige mit, die ich in eine ihrer blauen Glasflaschen steckte und auf ihren Nachtisch stellte, aber sie waren zu lang und drohten, zur Seite zu kippen. Ich mußte die Stiele kappen.

Forsythien, sagte ich zu Simon, ja, auf jeden Fall Forsythien, und blühende Linden. Linden blühen im Sommer, sagte Simon, und wenn du auf dem Müllfrachter mit willst, beeil dich lieber. Ich möchte eure Ergebnisse erfahren, sagte ich zu ihnen, als wir uns am Landesteg verabschiedeten. Da kannst du lange warten, sagte Danni, und sie lachten. Es ist beruhigend zu wissen, daß sie über ihren Eichenbohlen liegen und im Torf herumschaben, während ich hier auf Dreiunddreißig durch den Müll stapfe, wahrscheinlich auch noch, wenn ich längst auf Vierunddreißig gewesen und aufs Festland zurückgekehrt sein werde, und wenn sie fertig sind, werden sie sich eine andere Insel vornehmen.

Diesmal war es ein richtiger Abschied, sie standen mit ihren Schaufeln und Plastikhosen am Ufer, sogar Jote war heruntergekommen, und schüttelten mir die Hand, während der Müllschiffer auf dem Boot die Kisten stapelte. Noch hätte ich Jote nach dem Foto fragen können, aber ich wußte nicht, wie ich es anstellen sollte.

Fast hätte ich den Fotoapparat liegen lassen, ausgerechnet Simon kam damit angelaufen und schenkte mir noch drei Farbfilme, ein Buch über die Flora und Vegetationsökologie der Insel Soqotra und eines über die Auswirkungen von Bränden auf die Böden der Insel Naxos. Vielleicht beim nächsten Mal, sagte er leise. Seine Gaben lösten bei den anderen Grabern eine Woge der Fürsorglichkeit aus, die mich freute, sie schienen plötzlich das Gefühl zu haben, eine der

Ihren in die Verbannung ziehen zu lassen. Einer steckte mir Fenchelbonbons zu, ein anderer, der fast nie etwas sagte, empfahl mir einen Besuch auf Motu-Iti, der Insel der Möwen, oder, wenn ich dort nicht hinkäme, auf Aland, da sei es auch schön. Jote pflichtete ihm bei und riet mir zu Casaquemada und Bora-Bora, und eigentlich sei Neuseeland ja auch eine Insel, und plötzlich, der Müllfrachter schickte schon weißlichen Qualm in die wärmere Luft, redeten sie alle über Inseln, Ischia, Fakarava, Moorea. Hättet ihr mir das nicht vorher sagen können, rief ich, mit Inseln kenne ich mich aus, aber da rief schon der Müllschiffer nach mir.

Danni zog die Cordweste aus und legte sie mir über die Schultern, nimm die mal mit. Und was wird Anja sagen, fragte ich. Das merkt die gar nicht, meinte Danni, und ich zog die Cordweste, die mir viel zu groß war, über die Jacke und den Pullover, ich sah aus wie ein mehrfach gepanzertes Tier, und winkte ihnen. Sie winkten heftig zurück, ihr plötzlicher Überschwang schien ihnen selbst Vergnügen zu machen, große Männer in Regenhosen, sogar Jote schwenkte die Arme. Vielleicht war es auch nur die Erleichterung, wieder unter sich zu sein. Denk an Motu-Iti, riefen sie, nein, Mindoro, sie schrien um die Wette, Madeira, Sylt, Kos, Taormina, Kitnepaluk, bis ich nichts mehr verstand.

Der Müllschiffer kannte mich noch von der ersten Fahrt. Was ist denn mit denen los, sagte er, wie haben Sie es bloß in dem Affenstall ausgehalten. Sonst sind die stumm wie Fische, sagte ich. Die erste größere Welle schlug gegen den Frachter und hüllte mich in nassen Nebel, die zweite schwappte über die Reling und erwischte meine Geschenke, die ich unter den Arm geklemmt hatte und von deren Einband nun das Salzwasser rann.

Das kostet Sie was, sagte der Müllschiffer, ich bin keine Fähre, und außerdem fahre ich bis Dreiunddreißig und nicht weiter, das ist ja wohl klar. Ich hätte ihm sagen können, ich verbäte mir diesen Ton und mir seien Sachen klar, von denen er noch nie etwas gehört hatte. Ich hätte sagen können, ich sei Wissenschaftlerin und eine begabte Schwimmerin, ich hätte das absolute Gehör und könne Männer zum Rasen bringen, zumindest Zanka, ich hätte Aufsätze geschrieben, Cello gespielt und sogar Sackpfeife gelernt und sei an Tauen bis zur Decke geklettert, so schnell und wendig, daß ich schon wieder unten war, wenn der Lehrer noch seine Stoppuhr suchte. Das alles hätte ich sagen können, aber es spielte keine Rolle mehr.

Als ob er von meinen Gedanken wüßte, stellte der Müllschiffer auf einmal den Motor ab und musterte mich. Als der Lärm abbrach, hörte ich, wie unsere Regenjacken im Wind schlotterten. Bißchen einsam hier draußen, oder, sagte er, man könnte Heimweh kriegen, oder, und er kam langsam zwischen verzurrtem Müll zu mir herüber. Das macht mir nichts aus, sagte ich, müssen Sie denn nicht steuern. Er kam noch etwas näher, in den Augen hatte er Tränen vom Fahrtwind und an den Händen Pulswärmer, die selbstgestrickt aussahen. Bißchen einsam, oder, sagte er wieder, und ich wich zurück.

Plötzlich ließ er sich auf eine aufgeweichte Pappkiste fallen, die unter ihm nachgab, rieb sich die Augen und murmelte, das kann sich keiner vorstellen. Wenn man immer allein unterwegs ist. Ich hatte mal jemanden auf dem Boot, der hatte mich gemietet, ohne Müll, der wollte Wale anschauen. Ich habe ihm von Anfang an gesagt, daß es hier nichts gibt, noch nicht einmal Robben, hier ist nichts zu holen, habe ich ihm gesagt. Er kam trotzdem, mit einer riesigen Kamera, was die gekostet hat, will ich gar nicht wissen, wir fuhren hinaus, hinter Vierundzwanzig waren wir und dann weiter nach Dreißig, kein Wal weit und breit. Ich dachte, er wird wütend, er wird brüllen und toben und mir mein Geld nicht zahlen, aber er stand an der Reling so wie Sie jetzt, hielt die Kamera auf das Wasser, da war nichts, verstehen Sie, und schoß ein Foto nach dem anderen, zwischendurch wechselte er schnell die Filme, das müssen vier oder fünf Filme gewesen sein, verstehen Sie. Wunderbar, rief er, wir haben wirklich Glück, Sie bringen mir Glück. Immer wenn ich neben ihn trat und auf das Wasser schaute, nickte er mir zu und legte mir kurz eine Hand auf den Arm, Sie Glücksbringer, und dann rückte er wieder die Kamera zurecht, wer hat sich diese Schönheit ausgedacht, und drückte ab. Hinterher hat er mir viel Geld bezahlt, das haben Sie verdient, hat er gesagt, und, verraten Sie es nicht, und dann hat er mir noch zugewinkt.

Wissen Sie was, sagte der Müllschiffer noch, Ihre Weste da, die sieht komisch aus, wenn Sie mich fragen, und dann ging er zurück zum Steuer und warf den Motor wieder an. Obwohl es feucht war, blieb ich an der Reling stehen und schaute unverwandt auf das Wasser. Auf meiner Haut lagerte sich ein feiner Salzbelag ab, den ich mir ab und zu vom Handrücken schleckte. Durch die Motorgeräusche und die Schläge der Wellen hörte ich in meinem Rücken ein Prusten. Es hätte das Schnaufen eines Walfisches oder das Lachen des Müllschiffers sein können, aber ich drehte mich nicht um.

Dreiunddreißig ist nicht die Insel des Schlafes oder des Lachens, sondern des Gestankes. Ein betäubender Geruch nach faulen Eiern hing in der Luft, als ich mit meiner Tasche und den aufgeweichten Büchern unter dem Arm langsam über den Landesteg ging. Neben einer Blechhütte werkelte ein schmaler, wendiger Mann mit naßgekämmten Haaren. Er stapelte Kisten, zwischendurch winkte er uns zu, dann verschwand er in der Hütte, kam mit einem Notizblock wieder heraus, schrieb eilig etwas, seine neongelbe Schutzweste leuchtete im schwachen Nachmittagslicht, und als der Müllschiffer die erste Ladung herankarrte, rief er, gleich hier auf die Waage, Sie wissen ja. Ich konnte keine Waage erkennen, sie mußte in den Boden eingelassen sein, der Müllschiffer lud die Säcke gehorsam vor der Hütte ab, trat einen Schritt zurück und wartete, bis der Mann ihm eine Zahl zurief. Der Gestank war lähmend.

Ich sank auf einen Klappstuhl neben der Hütte und hielt mir unauffällig die Hände vor die Nase, aber der Mann hatte es schon gemerkt und rief, lieber gleich tief einatmen, dann gewöhnen Sie sich schneller ein, übrigens, Wiesent ist mein Name, Deponieleiter. Ich brauche mich nicht einzugewöhnen, sagte ich schnell, ich will auf die Vierunddreißig, haben Sie vielleicht ein Boot. Aber Herr Wiesent war schon wieder in der Hütte verschwunden und rief von drinnen, ich mache eben die Papiere fertig, während der Müllschiffer neben der Waage schwieg. Der Müll macht viel Arbeit, rief Herr Wiesent von drinnen nicht ohne Stolz.

Ich wollte bei der Waage warten, bis Herr Wiesent mich nach Vierunddreißig bringt, er muß ein Boot haben, dachte ich, und so weit ist es doch nicht. Ich bin beinahe dort, fast könnte ich hinüberschwimmen. Mein Herz ging schnell, ich saß auf dem Klappstuhl, bis es dämmerte. Der Gestank machte mir Kopfschmerzen, und in Herrn Wiesents Kleinbus baumelte ein aromatisches Tannenbäumchen, das vermutlich einen starken Duft nach Nadelwäldern verströmte. Ich zeige Ihnen den Müll, rief Herr Wiesent und winkte mich mit einer Selbstverständlichkeit herüber, der ich mich nicht entziehen konnte.

Herr Wiesent ist nicht leidenschaftlich, dafür hat er keine Zeit, er tut nur, was getan werden muß. Herr Wiesent spricht vom Müll, als sei er ein Tier, das versorgt werden müsse. Sie würden ja auch Ihren Hund nicht verhungern lassen, sagt er, und ich kann nichts erwidern, denn ich hatte nie einen Hund, auch keine Katze, keine Meerschweinchen, mein Vater verachtet Kleintierhalter und hat sogar einmal alle angeleinten Hunde unseres Stadtviertels mit einem Küchenmesser losgeschnitten.

Ich muß nach dem Müll sehen, sagt er, oder, der Müll wartet, und er setzt sich in seinen Kleinbus und klopft auf den Beifahrersitz. Immer gibt es Gründe, in den Müll zu fahren, die Gasdome müssen kontrolliert werden, in der Regelstation ist ein Alarm losgegangen, ein Lehmwall ist eingebrochen und muß abgestützt werden. Anfangs fragte ich mich, was es denn zu tun gab auf der Deponie und ob sich Herr Wiesent wichtig machen wollte, aber nach der ersten Rundfahrt sah ich ein, daß der Müll Herrn Wiesent voll und ganz forderte. Früher waren wir zu siebt, sagte er, während er den Kleinbus energisch die erste Anfahrt hinauftrieb. Und wo sind die alle geblieben, fragte ich. Ich mußte mir einen Ruck geben, denn schon die erste Frage würde Herrn Wiesent offenbaren, daß ich mich für seinen Müll zu erwärmen begann, doch ich war neugierig, und es hatte keinen Sinn, schweigsam und verstockt auf den Müll zu starren, Herr Wiesent würde es gar nicht merken. Er wedelte durch die Luft, die in einer schwer bekömmlichen Mischung aus faulen Eiern und Tannenduft auf uns lastete, obwohl der Bus schnell fuhr und ich auf Fahrtwind gehofft hatte, über alle Berge, sagte er, ich bin der letzte. Haben Sie mal versucht, im Alleingang eine Deponie zu betreiben?

Kurz geriet ich in Versuchung, ihm von meinem Leben zu erzählen, aber er redete schon weiter, Sie denken wohl, hier liegt nur Müll herum, was soll schon zu tun sein. Aber, er rieb sich erwartungsvoll die Hände, der Müll will versorgt sein. Ich sehe gar keinen Müll, sagte ich und schaute aus dem Fenster. Wir schraubten uns auf einer Asphaltstraße in die Höhe, an der Böschung wuchsen Haselsträucher, die sogar schon winzige Knospen zu haben schienen, vielleicht wird es ja doch Frühling, dachte ich. Nur manchmal hingen alte Plastiktüten in den Zweigen, die sich im Wind rundeten wie Lampions.

Hier ist schon alles gut abgedeckt, sagte Herr Wiesent stolz, jetzt kommt gleich der Einbaubereich, wir bogen um eine Kurve, und vor uns erstreckte sich der Müll in unendlicher Farbigkeit. Zuerst sah ich nur gelbe, blaue und grüne Flecken, so weit der Blick reichte, dazwischen Erdstreifen, Rostrot, Schlammbraun, matschige Furchen, dann lila Fetzen, ein rissiges Rohr, eine zerfetzte Matratze, ich begann, immer mehr Gegenstände zu erkennen, Schaumstoffreste, ein eingesunkenes Sofa, eine zerbrochene Klobrille, aufgequollene Papiere, Plastikeimer, Farbdosen, alte Fässer, aus denen Flüssigkeit heraussickerte, einen Kühlschrank ohne Tür, ein Klavier ohne Tasten, aufgetürmte Gummireifen, einen aufgeweichten Schneemann aus Pappe. Während ich noch aus dem Fenster starrte und die Vögel kreischen hörte, die sich in einer schwarzweißen Wolke über der wildgemusterten Landschaft hoben und senkten, hatte Herr Wiesent sich Gummistiefel übergezogen, die ihm bis über die Knie reichten, war zu einem Greifbagger hinübergestapft und rief mir etwas zu, das ich nicht verstand, während er den Motor anwarf.

Ich sah zu, wie der Bagger sich haufenweise Müll griff, Bauschutt, Plastikplanen und Gummifetzen, alles durch die Luft schwenkte und in einen orangenen Schredder stopfte, der einen Strahl zermalmten Mülls auf die Halde spie. Herr Wiesent winkte mir, und ich winkte zurück und stellte das Autoradio an, aber das Knirschen des Schredders übertönte alles. Als Herr Wiesent plötzlich die Maschinen ausstellte, dröhnten mir Sackpfeifenklänge um die Ohren. Sein schmales Gesicht war verschwitzt. Das ist erst der Anfang, rief er, den Rest zeige ich Ihnen morgen, die Fackelanlage, die Gasverdichterstation, die Sickerwasseranlage, wir haben ja Zeit.

Herr Wiesent besitzt ein Haus am anderen Ende der Insel. Zum Strand hin hat er einen Garten angelegt, windgeschützt hinter Betonmauern, die er mit bunten Badezimmerfliesen verziert hat, hier gibt es alles, sagt er, und manchmal sagt er, das hätte Frau Wiesent gefallen. Ich weiß nicht, was es mit Frau Wiesent auf sich hat, er hat keine Fotos an der Wand oder auf der Mahagonianrichte, die er fast in den Schredder gestopft hätte, bis er zwischen Bauschutt und verfaulten Federbetten das Holz glänzen sah. Aber er sagt, daß Frau Wiesent die Tomaten gefallen hätten, die er im Sommer an langen Spiralen hochzüchtet, die früher Fernsehantennen gewesen sein könnten, und die Hängematte, die er sich aus einem zerrissenen Fischernetz geknüpft hat.

Sie hätten ihr auch gefallen, sagte Herr Wiesent am ersten Abend, er hatte mir ein Gästebett gerichtet und ein Omelette bereitet, wir aßen viel. Früher hatten wir Hühner, sagte Herr Wiesent, aber sie wurden dünn und struppig, dann sind sie eingegangen, es könnte sein, daß der Boden doch zu giftig ist. Eine Zeitlang tat ich mich danach schwer mit seinen Winterkartoffeln und dem eingelegten Weißkohl aus seinem Garten, aber er ißt ja auch kräftig und sieht gesund aus. Wenn er an einem Wasserhahn vorbeikommt, in der Wiegestation oder der Sickerwasseranlage, befeuchtet er seinen Taschenkamm und striegelt sich das Haar, er zieht es glatt über den Kopf, aber nicht mit Salzwasser, sagt er, das macht die Kopfhaut rissig. Ich habe es versucht, bin hinunter zum Strand gegangen und habe mir Salzwasser in die Haare gerieben, es war angenehm, und hinterher stand mir das Haar in dicken Büscheln vom Kopf, sehen Sie, rief Herr Wiesent, Sie sollten auf sich achtgeben. Ich wusch es immer wieder, aber es blieb struppig, und schließlich schnitt ich es mit einer Schere ab, zuerst nur einen Fingerbreit, dann büschelweise, bis nur noch ein kurzer, seidiger Pelz übrigblieb, der mir gut gefällt.

Wenn ich vom Strand komme und naß geworden bin, hänge ich die Kleider in die Trockenkammer gleich neben der Haustür, in der Herr Wiesent auch große Vorräte an Knäckebrot, Mehl und Reis in alten Jutesäcken aufbewahrt, die er im Müll gefunden hat, eben alles, was nicht feucht werden soll. Überhaupt ist Herrn Wiesents Haus sehr warm, denn er hat in einem Blechschuppen neben der Garage ein kleines Kraftwerk untergebracht, sie verbrennt das Deponiegas, hat er mir erklärt. Ich dachte zuerst, Frau Wiesents Geheimnis sei gelüftet, sie verbringe ihre Tage in dem Schuppen und schaue nach dem Deponiegas, aber bald merkte ich, daß Herr Wiesent sein Kraftwerk meinte. Ich muß nach ihr schauen, sagte er, ging lächelnd in den Schuppen und schloß die Tür hinter sich.

Neben dem Schuppen steht die sauber ausgefegte Garage mit einer Planierraupe, einem Gabelstapler und einem Kompaktor, aber der Gabelstapler ist schon lange kaputt, ich sollte ihn abschleppen, sagt Herr Wiesent, auf die Halde, es gibt dort eine Ecke für Schrott und Metallteile, aber noch bringe ich es nicht übers Herz. Ich weiß nicht, wozu Herr Wiesent die vielen Maschinen braucht, der Müllfrachter scheint nicht oft zu kommen. Es muß einen Müllkalender geben, so wie es einen Flutkalender gibt.

Ich habe versucht, meine Bücher in dem Trockenraum zu retten, gleich neben den Reis habe ich sie gestellt und sie mehrere Tage ausdampfen lassen, aber als ich sie herausnahm, waren die Buchstaben ineinandergelaufen und die Seiten hart wie Holz, und es blieb mir nichts anderes übrig, als sie bei der nächsten Rundfahrt zwischen blaue Plastiksäcke und tote Möwen zu schleudern, den Laptop gleich hinterher und Zankas ausgeleierten Pullover. Herr Wiesent, der strenge Ansichten darüber hat, was auf den Müll gehört und was nicht, nickte zufrieden. Tierkadaver sind auf der Deponie nicht erlaubt, aber was soll ich machen, sagt er, wenn die Vögel tot vom Himmel fallen. Auch die Hühner hat er damals auf der Deponie verscharrt, in der Nähe eines Gasdomes, damit er wußte, wo sie lagen, und gelegentlich vorbeischauen konnte.

Anfangs bin ich oft zum Strand gegangen, der hinter Herrn Wiesents Garten beginnt und mir freien Ausblick auf die Insel Vierunddreißig gewähren könnte, wenn der Nebel nicht wäre. Herr Wiesent war noch nie auf Vierunddreißig, er war auch nie auf Zweiunddreißig und fand es absonderlich, die Erde aufzustechen, was meinen Sie, wenn ich das hier täte, sagte er, man kann doch froh sein, wenn wieder Gras wächst. Da gibt es kein Gras, sagte ich, nur Moor, aber er hörte schon nicht mehr zu, er ist schnell mit den Gedanken bei der nächsten Aufgabe. Er war, wie sich im Lauf der Zeit herausgestellt hat, noch auf gar keiner anderen Insel, er kam direkt von der Küste zum Müll, und das war kein Kinderspiel, sagte er, Frau Wiesent wollte nicht, warum kannst du nicht an der Küste Müll sammeln, sagte sie immer, und jedesmal mußte ich es ihr erklären. Warum, fragte ich, gibt es an der Küste denn keine Deponien. Da wird alles verbrannt, sagte er düster.

Ich ging an den Strand, legte eine Hand über die Augen und versuchte, den Nebel um Vierunddreißig zu durchdringen, und ich sog die Meerluft in meine

Lungen. Fast hatte ich mich schon an den Gestank gewöhnt, aber am Strand merkte ich den Unterschied noch, wenn der Wind von Westen kam und mir frisch ins Gesicht schlug. Ich ging über den gewellten Sand auf das Wasser zu, bis die Füße einsanken, und sammelte Seetang, den Herr Wiesent für seinen Garten brauchte. Die harten Kapseln knackten unter meinen Schuhen. Wenn ich den Tang hochhob, anfangs noch mit spitzen Fingern, später mit beiden Händen, baumelten dicke Stiele und feste lange Bänder herunter, die aussahen wie altes Gummi. Die Dünen reichen bis zum Fuß der Deponie, und allmählich vermischt sich Sand mit Müll, Stangen ragen aus dem Boden, Deckel, Drähte und Ziegel tauchen auf, wenn ich mit dem Fuß im Sand scharre.

Seit ich mit dem Seetang angefangen habe, gehe ich Herrn Wiesent auch sonst öfters zur Hand, ich helfe ihm, den Kompaktor in Ordnung zu halten, indem ich abends zermalmten Müll zwischen den Stahlzähnen herausklopfe. Herr Wiesent bedankt sich nicht, aber neulich hat er mir, als ich ins Haus trat und mir die verschlammten Stiefel von den Füßen zog, plötzlich die Hand entgegengestreckt. Ich stand in Socken auf dem Linoleum, rieb mir die Finger an der Weste ab und reichte ihm meine Rechte. Seine Hand war schmal und trocken. Wir standen einen Augenblick lang da, ohne verlegen zu werden, dann nickten wir uns zu, und Herr Wiesent verschwand in der Küche.

Ich ordne auch den Sondermüll, mit großen Handschuhen aus Teflon und einem Mundschutz vor dem Gesicht, den mir Herr Wiesent geschenkt hat, sogar eingewickelt in Geschenkpapier, das sich oft findet auf dem Müll, zwischen Zeitungen und Akten flachgepreßt, kariert oder mit weihnachtlichem Glitter. Auf der Entgasungsanlage steht ein Tannenbäumchen aus Plastik, aber es sieht zerfleddert aus, und als ich Herrn Wiesent fragte, wann er das letzte Mal Weihnachten gefeiert habe, wich er aus und erzählte statt dessen ausführlich von einer handgeschnitzten Krippe, die er im Müll gefunden hatte, mit Ochs und Esel und allem, sogar ein vergoldeter Weihnachtsstern sei dabeigewesen, alles ein wenig ölverschmiert, Frau Wiesent hatte jedes Figürchen behutsam mit Terpentin abgeschrubbt. In dem Päckchen, das Herr Wiesent mir in der Mittagspause überreichte, war außer dem Mundschutz auch eine dieser neonfarbenen Westen, die er täglich trägt. Ich bedankte mich für den Mundschutz, aber die Weste konnte ich nicht annehmen, ich habe doch eine, sagte ich ihm, und er war nicht gekränkt.

Irgendwann wird das Versorgungsboot kommen, mit frischen Eiern, Milch, den Tageszeitungen der letzten Wochen und einem Brief von meiner Mutter. Ich werde ihn nehmen, werde zum Strand gehen und mir zwischen rostroten Felsen einen stillen Fleck suchen. Wenn ich den Umschlag gegen das Licht halte, um zu sehen, wie viele Seiten darin sind, wird er mir aus der Hand rutschen und in einen der kleinen salzigen Tümpel fallen, die überall zwischen den Felsen schwarz glänzen. Ich ziehe ihn sofort heraus, aber er hat sich schon vollgesogen und liegt matschig in meiner Hand. Ich lehne mich zurück und schaue über das Wasser. Es ist Ebbe, und ich merke auf einmal, daß die Insel nicht aufhört, sie verläuft sich allmählich, aus Sand wird bläulicher Schlick, durchzogen von Prielen, der seichte Saum des Meeresbodens, der sich hinten im Nebel wieder verfestigt zu Insel Vierunddreißig. Ich könnte hinübergehen.

Doch ich stehe auf und gehe zu Herrn Wiesents Haus. Den Brief lege ich in die Trockenkammer. Dann packe ich meine Sachen.

Dieser Roman wurde vom
Deutschen Literaturfonds e.V. gefördert.

Mein Dank geht an

Daniel Büchner, Ian Harrison, Joachim Schächtele,
Marc Wortmann, Angelika Klammer,
Jürgen Lodemann, Bille Haag.

Textnachweise

Creeley, Robert: *Die Insel*. Hg. und übers. von Ernst Jandl. Insel Verlag, Frankfurt am Main, 1965.

Donne, John: *Metaphysische Dichtungen*. Übers. von Werner Vortriede. Insel Verlag, Frankfurt am Main, 1961.

Geschichten aus tausendundeiner Nacht. Hg. von Johann Christoph Bürgel und Marianne Chenou. Reclam Verlag, Ditzingen, 1995.

Homer: *Odyssee*. Hg. u. übertr. von Anton Weiher. © Patmos Verlag GmbH & Co. KG/Artemis & Winkler Verlag, Düsseldorf, 1994.

Reichert, Klaus: *Wär ich ein Seeheld*. © Jung und Jung Verlag GmbH, Salzburg und Wien, 2002.

Synge, John Millington: *Die Aran-Inseln*. Übers. von Christian Grote. Suhrkamp Verlag, Frankfurt am Main, 1972.

Schnabel, Johann Gottfried: *Die Insel Felsenburg oder Wunderliche Fata einiger Seefahrer.* Mit einem Vorwort von Ludwig Tieck. Breslau, 1828.

Swift, Jonathan: *Gullivers Reisen*. Übers. von Franz Kottenkamp, berichtigt und ergänzt von Roland Arnold. © Rütten & Loening, Berlin, 1964.

Tschechow, Anton: *Die Insel Sachalin*. Übers. von Gerhard Dick. © Verlag Rütten & Loening, Berlin, 1960.

PIPER

Annette Pehnt
Ich muß los

Roman. 125 Seiten. Serie Piper

»Dorst schob seinen Einkaufswagen von hinten sachte in Einers Hüfte. Einer drehte sich um: Ach nein, sagte sie und ließ den Spinat sinken. Der spanische Sekt ist im Sonderangebot, sagte Dorst, legte den Kopf schief und wartete.«

Unergründlich und scheu ist er, der Held in Annette Pehnts kraftvollem ersten Roman. Er läuft in den schwarzen Anzügen seines toten Vaters herum, erzählt als selbsternannter Reiseführer von Limonadebrunnen und Honigfrauen. Seine Phantasie ist grenzenlos, die Nähe zu anderen nicht. Vor allem nicht die zu seiner Mutter und ihrem Freund. Erst als Dorst die junge Einer trifft, scheinen seine Zurückhaltung und seine Ruhelosigkeit ein Ende zu finden. Lakonie und leiser Humor vereinen sich in Annette Pehnts Debütroman »Ich muß los« zu einer traurig schönen Geschichte über einen jungen Mann und seine Verbindung zur Welt.

01/1202/01/R